책 사용법

책 사용법

■ 이 도서의 국립중앙도서관 출판시도서목록(CIP)은
e-CIP 홈페이지(http://www.nl.go.kr/ecip)에서 이용하실 수 있습니다.
(CIP제어번호: CIP2010002155)

책 사용법

한 편집자의 독서 분투기

정은숙

마음산책

책 사용법

1판 1쇄 발행 2010년 6월 20일
1판 4쇄 발행 2018년 3월 15일

지은이 | 정은숙
사   진 | 이정민
펴낸이 | 정은숙
펴낸곳 | 마음산책

등록 | 2000년 7월 28일(제13 - 653호)
주소 | (우 04043) 서울시 마포구 잔다리로 3안길 20
전화 | 대표 362 - 1452   편집 362 - 1451   팩스 | 362 - 1455
홈페이지 | http://www.maumsan.com
블로그 | maumsanchaek.blog.me
트위터 | http://twitter.com/maumsanchaek
페이스북 | http://www.facebook.com/maumsanchaek
전자우편 | maum@maumsan.com

ISBN 978 - 89 - 6090 - 079 - 0 03810

* 책값은 뒤표지에 있습니다.

이 세상은
하나의 거대한 책이다.

책도 알면 더 잘 사용할 수 있다.
제품 매뉴얼처럼 책도 사용 설명서가 필요하다.

편집자 생활이 23년째 접어들던 2년 전, '책에 관한 책'을 쓰겠다는 결연한 다짐을 밤낮없이 했다. 그리고 무작정 쓰기 시작했다. 매체에 발표할 글이 아니었으므로, 독촉하는 편집자도, 당연히 마감시간도 없었다. 글쓰기의 외로움을 과장하지 말고 꿋꿋이 써보자고 마음먹었었다.

왜 쓰고자 했는가. 나는 학자도 작가도 아니다. 다만 책을 만들고 좋아했을 뿐. 많은 책들에 중독된 나는 그 책들을 어떻게 사용하면 좋을지 정리하고 싶었다. 게다가 내가 읽은 무수한 독서론, '책에 관한 책'들은 얼마나 좋은 말들을 숨기고 있는지. 그것들이 내 삶 자체를 바꿨다고 생각했다. 그래서 그 구절들을 많이 삽입했다. 나는 이 책을 읽는 분이 원전을 찾아보아야겠다는 욕구가 왕성해지기를 바랐다.

그래서 이 책은 원전 인용이 많다. 편집자로서의 감각이 글쓴이로서의 감각을 앞서갔다. 이 세상 저자들의 재능에 존경과 질투가 일어 몸을 떨기도 했다.

그렇게 꼬박 2년 동안 썼다. 정말이지 힘들었다. 쓰고 나면 어디선가 읽었다는 기시감에 시달렸다. 그 정체를 파악해보면 앞에서 내가 썼던 원고의 일부분이었다. 지우고 또 지우기를 반복하다 여기까지 왔다.

바람이 있다면, 누구보다 청소년들이 읽어주었으면 좋겠다. 스마트폰 세대, 책이 별게 아니라고 생각하는 그 유연함과 발칙함이 너무도 사랑스러운 그들. 그런 토대 위에서 책의 세상이 일상보다는 또 별스럽다는 점을 말하고 싶었다.

오늘 우리는 디지털 혁명기를 지나고 있다. 하지만 책에 관한 아날로그적 독서법이 여전히 유효하다고 나는 믿는다. 책읽기의 즐거움을 제대로 누릴 수 있는 책 사용법에 대한 이 소박한 구성이 그들에게 사랑받기를, 욕심 내어본다.

2010년 여름

정은숙

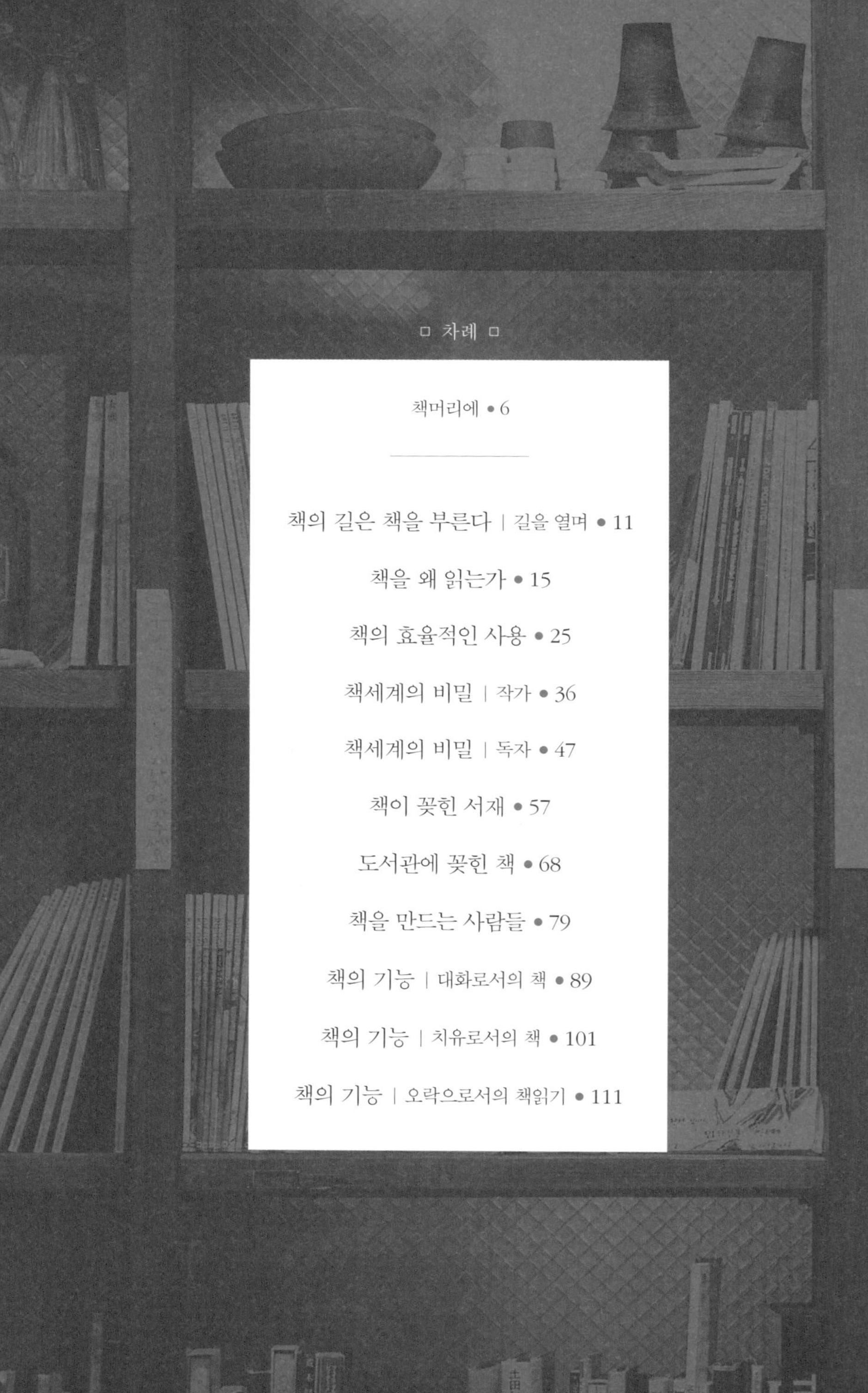

□ 차례 □

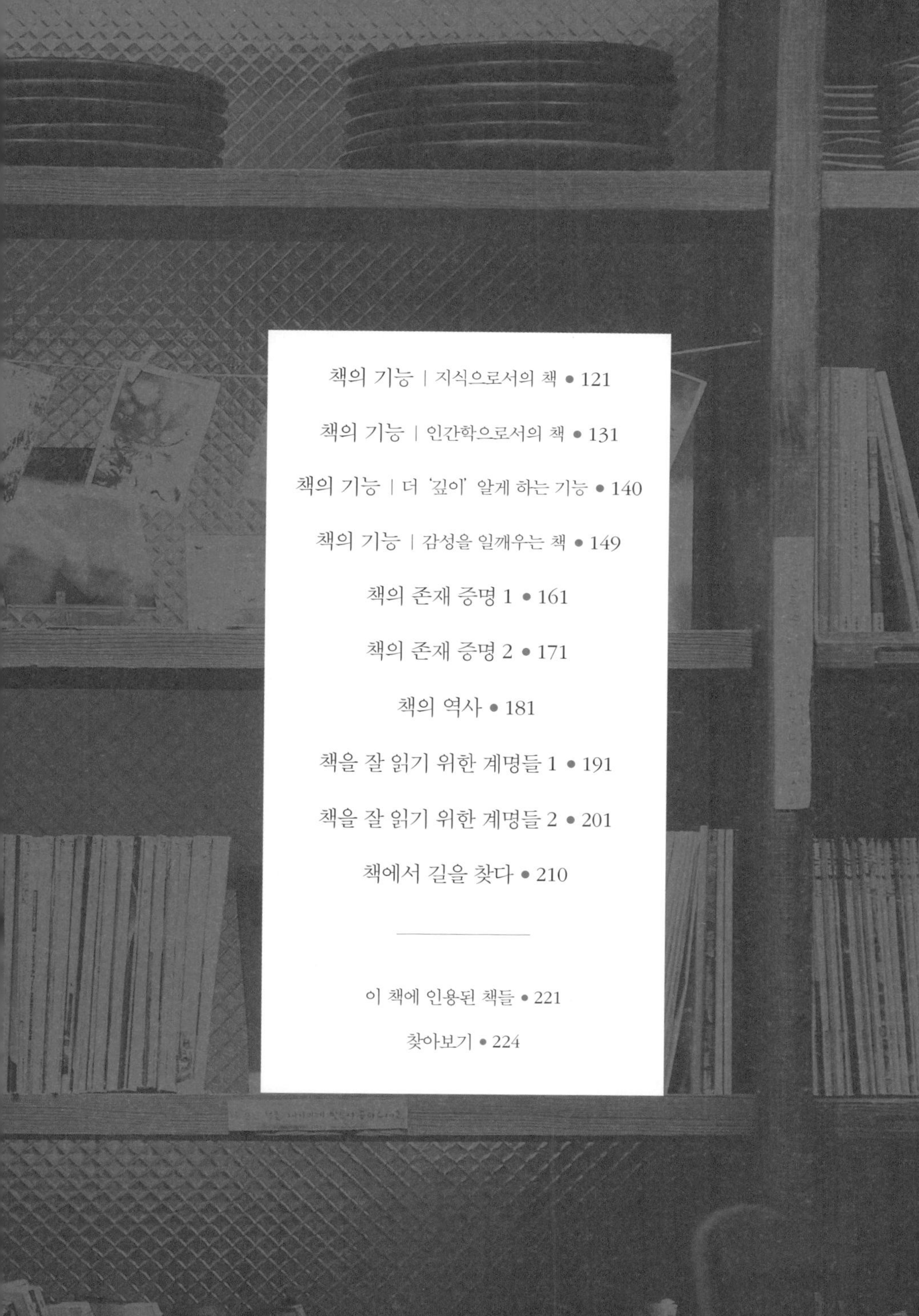

책을 제대로 사용하기 위해서는 어떻게 해야 할까? 사실 정색을 하고 이런 물음을 던지면 한두 마디로 대답하기가 쉽지는 않다. 컴퓨터 게임에 빗댄다면, 책을 사용하면 아이템을 얻을 수 있다고 말하고 싶다.

최근 나는 『사라진 책들의 도서관』을 재미있게 읽었다. 처음 책의 제목을 보고 어쩔 수 없이, 이 책의 본문에 많이 인용된 『사라진 책의 역사』를 떠올렸다. 그런데 『사라진 책들의 도서관』은 사실 씌었으나, 혹은 구상되었으나 현존하지 않는 가공의 책들에 대한 역사다. 가령 비범한 글쓰기 솜씨를 지녔지만 화재로 걸작을 태워버린 영국 출신 소설가 맬컴 로리의 경우나 원고를 잃어버린 헤밍웨이의 경우처럼 조그만 가능성으로도 곧잘 발생하는 소실, 또는 분실에 관한 이야기를 박물학적으로 모아놓은 것이다. 이 책은 내게 '가장 좋은 책은 아직 쓰이지 않은 책'이라는 상넘을 일깨웠다.

이처럼 책을 통해 우리는 또 다른 책으로 넘어간다. 베르나르 앙리 레비가 쓴 보들레르 전기소설 『보들레르의 마지막 나날들』에는 이런 구절이 있다.

그는 글을 쓰지 않는다. 육체적으로, 아마 정신적으로도 글을 쓸 능력이 없다. 그러나 글을 쓸 수 있었다면 책을 구상하지는 않았더라도 쓰려는 마음이 있었다면, 만약 누가 그 머릿속으로 들어가 온전하지 못한 문장들을 해독할 수 있었다면, 그 사람은 보들레르가 한 번도 생각해본 적이 없는 책을 읽게 되었을 것이다. 그 책은 그가 평생 쓰고 싶지 않아 했던 유일한 책, 한마디로 『회상록』일 것이다.

알렉산더 페히만, 『사라진 책들의 도서관』에서 재인용

우리가 타인의 내면을 엿본다면 그곳에는 많은 책감(책의 감)들이 있음을 알게 될 것이다. 이 세상에 없는 책을 읽으려면 또 다른 책(머릿속에 있는 책)들을 불태워야 한다. 그런 면에서 '책의 길은 책을 부른다'. IT업계의 황제 빌 게이츠는 자신이 받은 어떤 교육보다도 책읽기가 유용한 교육이었다고 말하고 있다.

이 책에서 나는 책의 사용에 대한 많은 길들을 보여주고 싶다.

특히 이 글을 쓰는 동안 내가 읽었던 책들의 이야기를 많이 삽입하여 독자가 직접 그 책들을 찾아보게 되기를 바란다. 그런 과정에서 어슴푸레 우리 책읽기의 외연을 넓힐 수 있기를 감히 꿈꿔본다. 나는 이 책읽기를 통해, 또 책을 사용하면서 얻은 많은 진실을 전해보려고 행간에 꿈을 심는다.

한편 나의 책읽기가 인문서, 특히 책에 대한 언급들에 집중된 점은 어쩔 수 없는 한계라는 생각도 했다. 그러나 경영서든 실용서든 어떤 책이든, 읽는 이가 비판적으로, 적극적으로 수용하는 태도가 중요하다고 생각한다. 특정 분야의 지식에 갇히지 않게 하는, 세상과 삶에 대해 넓은 시야와 안목, 새로운 발상 등은 모든 책읽기에서 공통적으로 얻을 수 있는 수확이다. 그리고 책을 사용한다는 것은 일회성으로 그칠 일도 아니고, 우리가 지식과 지혜를 추구하려고 한다면 영원히 계속되어야 할 그 무엇이라고 생각한다. 애초의 이런 의도가 운이 좋아 끝까지 살아남기를 기원한다.

책을 사용한다고 할 때, 우리가 책이라는 사물 그것만을 추구한다는 의미는 아닐 것이다. 물론 책을 베개로 사용할 때는 예외이겠지만. 그런 점에서 책의 사용은 우리가 대상을 추구하면서도 그것 자체에 매몰되지 않는 드문 예인 것 같다. 책이 빽빽한 서재를 갖고 있는 것보다는 많은 책을 섭렵했다는 사실이 더 존중되어야 하고, 책쌓기보다는 책읽기가 더 유용하다는 것은 바로 이런 의미다.

　책을 읽으면 또 다른 길이 보인다. 그래서 그 길을 가다 보면 새로운 책에 대한 표지가 보인다. 책에서 길을 찾고 또다시 책으로 간다. 책의 사용은 바로 그런 의미이리라.

책을 왜 읽는가

그러나 정말로 독서법이나 인간의 살아가는 법을 가르쳐줄 만한 책도 확실히 있다. 100종에 1종, 아니 1만 종에 1종밖에 없을지도 모르지만, 저자가 심혈을 기울여 쓴 훌륭한 책이다. 인간의 영원한 문제에 관한 중요한 통찰을 가져다주는 책이다. 아마 이러한 책은 모두 합쳐도 2000~3000종이 채 못 될 것이다. 이러한 것이야말로 독자에게 많은 것을 구하게 하는 책으로서, 한 번쯤은 분석 독서를 시도해볼 만한 것이다. 독서 기술을 터득하고 있으면 한 번 숙독하기만 하고서도 그 책이 가져다주는 것을 남김없이 흡수할 수 있을 것이다.

모티머 J.애들러 외, 『독서의 기술』

쉬운 답이 항상 옳은 것은 아니다.

스티븐 킹, 『유혹하는 글쓰기』

간혹 당신의 인생을 변화시킨 한 권의 책이 뭐냐는 설문 혹은 원고 청탁을 받곤 한다. 그럴 때마다 말할 수 없는 곤혹스러움을 느낀다. 이 물음에 대해 이번 기회에 나름대로 답해야겠다는 생각을 한다. 무엇보다도 책을 만들면서 아, 내가 책을 만들기는 하지만 책의 정체를 잘 모르고 있구나 하는 생각을 문득문득 하곤 했다. 또한 내가 한두 마디로 책을 명쾌하게 정의할 수 있는 능력이 있는 것도 아니다. 그리고 책이란 무어라고 정의할 경우 그 의미망에 포획되는 것보다 포획되지 않는 것이 더 많을 정도로 중의적인 대상이지만, 하여튼 지금 미흡한 대로, 또 최선을 다해 '책의 사용'에 대해 말해보려 한다.

직업이 직업이다 보니 나는 책을 많이 사용한다. 아마 '필사적으로' 사용한다고 해야 하리라. 그러다 보니 시행착오를 많이 겪는 가운데 배우고, 또 책을 만드는 과정 속에서 책이 조금씩 그 비의를 벗고 내게 보여주는 측면도 생기는 듯하다. 그러므로 사실 이 책 사용법은 많은 부분 경험칙에서 생겨났다. 왜 서당개 운운하는 속담도 있지 않은가.

모든 것이 책으로 귀환하는 삶을 살다 보니 책에 대한 이해도 깊어졌다, 뭐 이런 말이 되어야 하는데, 실제는 또 그렇지가 못하다. 책으로 떠나는 여행은 언제나 출발만 있고 돌아오는 길은 없다. 이 길에는 입구와 그 과정만 있지, 끝은 없다. 그러나 이제 나는 이 여행에 동참해주시기를 부탁한다. 간곡히 이런 권유를 할 정도로 책은 대단한 그 무엇이다. 진부한 말이지만, 책 속에는 우리 삶의 지혜와 정보가 오롯이 담겨 있다.

인생을 변화시킨 책 '한 권만 뽑아달라' 는 식의 물음은 적어도 책의 세계에서는 성립하지 않는다. 이럴 수는 있겠다, 어떤 유형의 책을 감명 깊게 보았나 하는 정도의. 그러지 않고 한 권의 책만 뽑아 든다면 분명 오류가 발생한다. 사실 책은 한 권 외따로 있는 경우가 거의 없고, 많은 책과의 대화 속에 있다. 문학비평에서 '대화적 상상력'이라고 하는 것과 일맥상통하는 것인데, 인류의 지적인 진보는 어느 한순간 돌발적으로 이뤄지는 것이 아니라 역사적, 통시적 연관 속에서 조금씩 이루어진다. 그렇다면 천재들의 저작은 무엇이냐, 하고 물을 수 있겠는데 그들의 저작은 좀 더 진보적으로 나아간 것에 지나지 않는다고 말하겠다. 천재들의 역할을 너무 폄하하는 것 아닌가? 하고 묻는다면 책이란 게 워낙 느린(안정적인) 성격이 있다는 말로 대신하고 싶다.

책에는 체제가 꼭 있어야 하고 실제로 들어 있다. 체제의 성격은 속도라는 측면에서 보아 느리고, 속성으로 보아 견고하다. 그것은 눈에 보이는 것만 본다. 믿고자 하는 것이 아니라! 책의 이런 성격이 불만족스런 독자도 있을 수 있다. 그렇다면 그 점을 책으로 써라. 아마 당신의 저작은 훌륭하다는 평가를 받을 것이다.

일탈의 즐거움과 함께 다른 존재가 되어 정신적인 여유까지 느끼려면 책을 펴는 것이 필요하다.

책은 우리를 억압하지 않는다. 우리는 책을 통해 의미 있는 다른 것이 될 수 있다.

어떤 사람은 말한다. 책을 사용하지 않는 이유는 '독서할 시간이 없고' '손쉽게 얻을 수 있는 정보가 다른 매체에서 넘쳐나기 때문'이라고. 또 어떤 사람은 말한다. '책을 펼치면 답답하다'고. 자신을 둘러싼 세계는 정신없이 빠른 속도로 돌아가고 있는데 책은 자신에게 멈추라고 하니까 답답하다고. 정말 우리는 그렇게도 바쁜 것일까.

아무리 여유가 없는 사람이라고 해도 살다 보면 어느 정도의 여유는 생기는 법이다. 공휴일로 인해 연휴가 주어질 수도 있고, 기대하지 않았던 시간적 공백이 주어질 수도 있다. 그런데 이때 여유라 함은 다만 물리적인 시간만을 의미하는 것이 아니라 정신적인 여유까지를 포함하는 개념이 되어야 참다운 것이라고 할 수 있다. 정신적인 여유는 어떻게 생길까?

일단은 비워내는 것이 중요하다. 무념무상의 경지까지는 아니더라도 비워내야 우리는 또 다른 것을 채워 넣을 수 있다. 그런데 아무 작용도 없이 그저 아, 이제부터 나는 무상 속으로 들어간다 하는 식으로 비워내기는 아주 어렵다. 어떤 화두만 떠올리는 것으로도 비워낼 수 있는 선사들은 얼마나 위대한가? 그러나 이는 범인凡人들로서는 넘보기 어려운 경지다. 우리는 술을 마시고 난 다음 날 숙취에서 빠져나오기 위해 진통하는 과정을 겪으면서 은 연중에 흔히 이런 비워내는 행위를 하기도 하는데, 전 국민이 알코올홀릭은 아닌 것을 보면 저마다 이런 방법을 하나 이상씩을 갖고 있다고도 할 수 있다. 산을 타거나 레저를 즐기거나, 하여튼 자신이 좋아하는 것에 몰두하는 것 등이 모두 넓은 의미로 이런 과정이라고 할 수 있겠다.

　일을 잘하기 위해서 여유를 갖는 것이 아주 중요하다는 것은 더 강조할 필요가 없을 것이다. 그런데 이런 여유를 일을 위한 휴지기, 즉 일하는 인간의 피로를 풀기 위한 하나의 휴지기로서만 이해해도 좋을 것인가? 너무 이상적인 말일 수 있지만 사실 휴식도 일의 연장이요, 일도 휴식이라고 생각하며 즐길 때 우리가 느끼는 스트레스는 완화된다. 이때 '이상적인 휴식'을 위해서는 평소 일을 할 때 사용하는 신체기관과는 다른 기관을 사용하는 것이 필요하다. 평소에 잘 쓰지 않는 근육뿐만 아니라 두뇌까지 사용해서 다른 '무엇'이 되어보는 것이 필요하다. 다른 '무엇'이 되기 위해서는 다른 것을 사용하는 방식으로 가야 한다. 이를 위해 우리는 책을 다시 발견할 필요가 있다.
　일탈의 즐거움과 함께 다른 존재가 되어 정신적인 여유까지 느끼려면 책을 펴는 것이 필요하다. 책은 우리를 억압하지 않는다.

우리는 책을 통해 의미 있는 다른 것이 될 수 있다. 이런 감정은 일탈의 느낌 속에서 나온다. 일탈은 어떻게 가능할까? 그것은 앞서의 표현대로 하면 '다른 것'이 되기 위한 방식, '다른 존재'가 되는 몰입의 과정 속에서 나온다.

이 세상은 하나의 거대한 책이라고 나는 생각한다.

책은 세상살이의 모든 것을 담고 있다. 그러므로 나는 책으로의 여행이 여전히 한 편의 로드무비보다 더 많은 진실을 우리에게 알려줄 것이라고 믿고 있다.

20세기 중엽의 프랑스 비평가 모리스 블랑쇼는 『미래의 책』에서 다음과 같이 적었다.

"문학의 본질은 본질적인 모든 규정을, 문학을 정착화시키거나 혹은 실현시키는 확인조차도 모두 벗어나는 것이다."

문학은 결코 고착됨이 없이 끊임없이 변천하는 것이라는 점을 강조한 것이리라.

나는 블랑쇼의 이 말에서 '문학'을 '책'으로 바꿔보고 싶다. 책이야말로 인류 진화의 산물이다. 책은 나날이 변화하고 있다. 그것은 고착되는 법이 없이 살아서 지금 이 순간에도 우리 곁에서 호흡하며 몸을 뒤척이고 있다.

특히 간과할 수 없는 것은 책이 주는 균형감각이다. 한두 권의 책을 읽고 말하는 것이 아니라 무수한 책을 섭렵하고 얻은 지식은 지혜가 되어 삶을 보는 균형감각을 준다. 여기에서 말 그대로 건전한 비판의식이 싹튼다. 또한 고전이나 문학 작품은 조악한 이론이 보여주지 못하는 삶의 진경들을 펼쳐 보인다. 이것은 사이비 이론, 남이 불러준 이론, 한두 권의 책에 경도된 이론을 '물리치는 독서'를 가능케 해준다.

책의 중요성은 오늘날 더 배가되었다고 나는 생각한다. 아니, 오늘날처럼 정보 공급처가 인류에게 확대된 적이 없는데 책의 중요성이 배가되었다고? 그렇다. 책의 중요성이 배가된 것은 정보 전달의 매체가 폭발적으로 늘어난 바로 그 점에서 비롯한다. 이제 정보의 옥석 가리기가 더 중요해졌다는 점에 주목해볼 필요가 있다.

가령 몇 해 전 인터넷에서 화제가 된 일화를 예를 들면, 우리나라 돈에는 왜 여성이 등장하지 않느냐는 물음에 '500원짜리에 있는 학이 암컷'이라는 식의 웃지 못할 댓글이 사실로 받아들여졌다. 이처럼 우리는 데이터 스모그 속에 살고 있다. 그러나 책에는 정보 못지않게 정보의 검증과 체제라고 할, 지성의 그 무엇이 플러스 알파로 들어가기 때문에 변별성과 신뢰성을 지닌다.

반면에 책이 남용되는 측면도 생겨났다. 오늘날처럼 출판 낭비가 심한 시대도 없다. 그러다 보니 안 나왔으면 좋을 책도 나와 세상을 어지럽히는 결과도 초래된다. 그러나 그 안전장치도 마련되었다. 책 상호 간의 비판과 견제 작용이 그것이다.

한편으로 책의 엔터테인먼트화 경향도 각별히 주목해야 할 현상인데, 그러다 보니 이제 책을 소박하게 볼 수만은 없게 되었다. 책의 사용법이 아주 광범위하게 확대되어야 마땅하게 상황이 전환된 것이다.

단적으로 '용서'라는 문제를 화두에 놓고 책에 관해 사고해보자. 먼저 틱낫한의 『화』가 떠오른다. 이 책에는 화를 다스리고 용서해야 하는 이유가 특히 종교적인 맥락에서 서술되어 있다. 그런가 하면 에드워드 할로웰이 쓴 『용서해야 할 101가지 이유』처럼 용서의 가능성, 용서의 방법론 등이 구체적으로 적시된 책도 있다. 용서의 추상적 담론과 용서의 방법론은 용서를 하고자 하는 사람에게 모두 필요하다. 다소 단순화시켜 말하면, 용서의 필요성은 알지만 용서의 방법론을 모르거나 용서의 방법론은 알지만 가식적인 사람이라면, 참된 용서가 주는 진정한 의미를 알기가 어렵다. 따라서 두 권의 책은 상보적이며, 어느 책이 더 낫다는 식으로는 도저히 말할 수 없다.

어떤 책에 앞서 읽은 책은 부모와 같은 존재다. 사랑하는 대상이면서 동시에 극복해야 하는 대상이요, 한두 마디로 규정할 수 없는 무엇이다. 아마 성장기의 아이에게는 가장 중요한 존재가 부모이듯, 읽어온 책은 우리에게 그런 존재일 듯싶다. 적어도 우리가 제 힘으로 발걸음을 떼어놓는 것이 가능할 때까지는. 그리고 그 이후에는 더욱더.

책의 효율적인 사용

나는 책 읽는 방법을 배우기 위해 80년이라는 세월을 바쳤지만, 아직까지도 잘 배웠다고 말할 수 없다.

괴테

나는 등산을 즐기는 편이다. 책읽기와 등산은 몇 가지 점에서 닮았다는 생각을 종종 한다. 먼저 두 행위에는 고통이 따른다. 물론 책읽기의 육체적 고통이 조금 적을지 모른다. 하지만 등산을 즐기면 그 고통이 환희로 바뀌듯, 책읽기도 그것이 하나의 유쾌한 습관이 되면 그 고통의 대가는 너무나 달콤하게 주어진다. 정상에 올라서서 느끼는 행복감은 무엇과도 바꿀 수 없다. 그것은 등산이든 책읽기든 몸의 어떤 부분을 집중적으로 사용함으로써 성과가 얻어지고, 그리고 과정이 지난하다는 바로 그 점에서 비롯한다. 비록 책읽기는 물리적으로는 눈을 집중해 사용하는 등

등산에 비해 힘은 덜 들지만. 그 외 이 둘에게는 의외의 복병이 있으니 바로 시간이라는 변수다.

현대인은 누구나 시간에 쫓긴다. 바쁜 일상을 관성적으로 살다 보니 시간에 대한 통제권을 잃은 때문이다. 시간이 없어 산에 못 오르고 또 책을 못 보게 되는데 그 손해는 시간을 만들지 못한 자신에게 고스란히 돌아간다.

다소 진부하게 말해 책을 안 보면 경쟁에서 뒤처지기가 쉽다. 요즘은 일반적으로 서점에서 파는 물건만 아니라 기업체의 사업상 비밀 문건 모음집도 책이라고 하고, 시나리오도 책이라고 하고, 체제와 내용을 지닌 것을 모두 책이라고 부르는 경향이 있다. 그러니 어떻게 책을 안 볼 수가 있을까? 그런 데다 내용을 인쇄한 물건보다는 체제라고 하는 것, 기획이라고 하는 것, 편집이라고 하는 것이 여전히 비교 우위에 있는 한 책의 역사는 늘 새롭게 만들어진다. 특히 요즘은 책을 다 읽는 것보다 책의 정보가 어디에 있는지, 그것이 대략 무엇인지 알아두었다가 필요할 때 다시 보는 새로운 책읽기 방식도 정보를 잘 다루는 사람들 사이에 상당히 넓게 퍼져 있다. 그러다 보니 세상 도처에 넘쳐나는 것이 바로 이 책, 책이다.

책을 읽는다는 것은 적극적으로 삶에 다가가는 행위와 등가다. 책을 읽지 않고 책(세상)을 말하는 것은 불가능하다. 그 책의 가치 문제는 일단 괄호로 묶어놓고 어떤 책이든 한 권의 책을 제대

로 잘 읽어내면 그때 지불한 대가—책값과 시간, 기회비용 등등
은 언제나 책에서 찾아낸 것보다 싸다고 단언할 수 있다. 물론 책
에서 본 것만을 맹신해서는 안 되겠지만 이는 비판적 책읽기라는
방식을 통해 얼마든지 그 위험을 피해 갈 수 있다. 그리고 좋은
책의 사용이 전제된다면 들인 노력에 비해 몇 배 더 큰 대가를 돌
려받을 수 있다. 노력에 비해 대가가 적거나 없는데 책을 읽을 바
보가 어디 있을까? 책을 사물화하는 것이 아니라면.

책도 알면 더 잘 사용할 수 있다. 그런데 독서를 하지 않는 사람
은 책을 하찮게 생각하고 멀리한다. 멀리하기 때문에 책의 사용
이 더 어려워진다. 일단 책을 잘 사용하기 위해서는 책과의 거리
를 좁혀야 한다. 손 닿는 곳에 두고, 혹은 이동할 때는 들고 다니
다가 자투리 시간이 생기면 곧바로 책장을 열면 된다. 무엇보다
도 책을 가까이 두고, 읽다 보면 잘 사용할 수 있게 된다는 신념
을 갖자. 그것이 첫걸음이다. 추리소설의 비조 에드거 앨런 포는
이런 말을 했다.

책을 많이 읽을수록 독서력은 기하급수적으로 강해진다. 독서
광이라 불리는 사람들은 한눈으로 여러 대목을 살피며 읽어내고

요점만 잘도 골라낸다. 이에 따라 필요한 대목을 스스로 활용할 수 있는 것이다.

그렇다. 책을 읽을수록 그 사용법도 진화한다. 책은 전자제품과 똑같다. 그 기능을 많이 사용하고 많이 활용할수록 사용법도 잘 알게 되고, 결실도 크다. 인류는 아주 오래전부터 책을 사용해왔으니 그 사용법도 발달했을 것이다. 그런데 이 장 첫머리에 인용하였듯이 문호로 일컬어지는 괴테조차도 자신이 책의 사용을 잘 안다고 생각지 않는다니 이는 무슨 말인가?

책읽기에는 왕도가 없고, 책에 따라 사용법이 달라야 한다는 것을 말해준다. 그저 심심풀이로 읽는 책을 정좌해서 엄숙하게 읽을 필요는 없다. 책읽기의 효용 가운데 가장 큰 것이 바로 즐거움이다. 그런데 무슨 과업처럼 생각하고 책에 엄숙하게 접근해봤자 얻을 수 있는 것은 별로 없다. 비단 출판홍수라는 말을 들먹이지 않아도 인류는 그간 많은 명작을 썼지만, 또 그것보다 몇백 배 더 많은 태작과 우스꽝스런 책도 양산했음을 잊지 말자. 그런 점에서 보면 책은 언로가 트여 있는 민주적 매체이기도 하다. 아마 제작에 그다지(타 매체에 비해) 많은 인력이 소요되지 않아도 되기 때문인 것 같다.

돌아가서, 다시 말해 책읽기의 환경과 방법론만 잘 갖춰지면 가벼운 책은 더 즐겁게, 무거운 책을 더 몰입해서 음미할 수가 있다. 가령 앞서와는 반대로 무거운 책을 아주 나쁜 환경에서 본다고 가정하자. 번잡한 분위기의 흔들리는 차 안에 서서 본다거나 시간이 아주 촉박한 가운데 읽는다고 생각해보자. 또 연필이 없어 밑줄도, 메모도 할 수 없는 환경이라고 생각해보자. 진지한 내용이 오롯이 내 속으로 들어오겠는가.

비단 환경만이 아니라 심리 상태도 중요한 변수가 된다. 책읽기는 어떤 면에서 자기 내면과의 대면이다. 영상매체와 달리 책은 주체적인 읽기가 요구된다. 때로 생각이 책의 본문과는 달리 딴 생각을 부리는 쪽으로 흘러갈 수도 있고, 또 책을 읽는 과정에서 지은이의 생각을 반박할 만한 기가 막힌 아이디어가 떠오를 수도 있다. 따라서 평정을 유지한 가운데 책읽기를 해야 할 필요성이 있는 것이다.

책의 역할 가운데 중요한 한 가지는 우리의 무지를 일깨워준다는 점이다. 너무 많은 것을 기대하지 않는 가운데 편안하게 읽기 시작하자. 거의 눈에 비춘다, 혹은 집어넣는다고 생각해도 좋다. 의미를 찾기보다는 받아들이겠다는 자세로 뇌 속에 자료들을 서서히 입력해보자. 전체에서 부분으로, 포괄적인 것에서 선택과 집중을 통해 구체적인 것으로 몰입해보자. 이때 읽는 행위에 대해 강박적으로 생각할 필요가 있을까? 일단은 편하게 시작하자.

메모하는 습관도 좋고, 모르는 단어를 사전에서 찾아보겠다는 자세도 좋다. 추상적인 것에서부터 구체적인 것까지, 마치 여행을 떠나 낯선 도시를 소요하듯이 서서히 책읽기 속으로 빠져들자. 무엇이 더 필요할까.

미지의 곳으로 떠난다는 점에서 책읽기는 해외여행과도 닮았다. 굳이 해외여행이라고 적은 이유는 자신이 태어나고 자란 나라에서와는 사뭇 다른 것을 책에서 기대해도 좋다는 의미다. 책에는 모든 것이 있는데, 가령 어린 시절부터 언변과 글쓰기에 능했다는 제임스 조이스의 경우를 예로 들어보자.

그의 아버지는 아들이 현실적인 선택으로 변호사가 되기를 원했다. 제임스 조이스의 두 가지 자질이 변호사가 되는 데 아주 적합했던 모양이다. 하지만 아들은 변호사가 되지 않고 작가가 되었는데, 이 점은 인류를 위해 아주 다행한 일이다. 그가 작가가 되어 책의 세계를 심심치 않게 만든 점은 좋은 일 가운데 좋은 일이었다. 조이스의 『율리시즈』나 『피네건의 경야』는 앞으로 100년 후에도 여전히 파헤쳐질 '거리'를 안고 있다고 한다. 이처럼 책에는 실험 가능한 모든 것이 들어 있다.

책을 쓰는 일은 힘이 들지만, 힘들여 쓴 책을 내 것으로 만들기는 쉽다. 그저 제대로 책을 사용하면 되니까. 따라서 제임스 조이스가 한평생을 시대와 반목하고 심적, 경제적 고통 속에서 살면서 노심초사 이룩해놓은 결과물을 어렵잖게 습득할 수 있는 우리가 행복하단 것을 더 말할 필요가 있을까?

책을 통한 사고 여행은 책이라는 길잡이가 있어 한결 쉬워지고 풍요로워진다. 그런데 이 가이드의 길 안내는 시간에 쫓기고 짧은 시간에 많은 여행지를 다 보여줘야 하는 강박에 빠진, 규격화된 여행 안내와는 그 차원을 달리한다. 한결 여유롭고, 얼마든지 딴생각을 부려도 다 받아주는 책은 그런 가이드다. 또한 책읽기가 본원적으로 지닌 하이퍼링크적 성격 때문에 여행은 한층 풍요로워진다. 다른 책들과의 상호 교통과 맥락으로 만나고 결합하는, 즉 서로 기대는 독서는 애초에 여러 많은 선택지와 함께 열려 있는 구조이기 때문에 이런 풍요로움을 가져다준다.

물론 여기에는 시간과 약간의 공간 제약, 필요한 책을 소유할 수 있는 경제적인 여유 등도 고려되어야 하지만.

현실의 여행과는 달리 이 여행의 추억은 언제나 현재적 의미에서 영원하다. 읽음으로 해서 일단 뇌리 속에 각인된 책과의 추억은 쉽게 지워지지 않을뿐더러 우리는 언제나 여행을 새로 떠날 수 있다. 시뮬레이션이 아니라 현실에서 말이다. 그러므로 그 책이 서가의 어디에 꽂혀 있는지만 기억해두면 된다.

지금도 나는 대학 시절 구내서점에서 샀던 어느 외국 시인의 시집을 펴들면 그 당시의 아우라가 온몸을 휩싸는 것을 느낀다. 불과 종이 위에 쓰인 몇 글자를 만났을 뿐인데 말이다. 내 손때가 묻은 표지의 낡은 느낌과 이제 끝이 부서지기 시작한 종이가 주는 생생한 현실감, 오래된 활자가 보여주는 다소 궁상맞은 느낌, 또 그 여백에다 적어놓은 독후감까지. 이 모든 것을 대신할 수 있는 여행은 많지 않을 것이다.

물론 나는 이를 위해 이사 때마다 책들을 다 싸서 다니느라 골머리를 앓았고, 또 늘어나기만 하는 책들을 제대로 펼쳐놓을 공간을 확보해야 하는 새로운 숙제를 늘 안고 살아야 했다. 책 마니아들이 꼽는 첫 번째 문제가 바로 책을 둘 수 있는 공간이라고 한다. 책을 찾지 못해 뻔히 있는 줄 알면서도 다시 사야 했던 경험이며, 타인의, 가족들의 시선이 무서워 책 한 권 사는 데도 마음을 졸이는 경우가 비일비재하다는 것이다. 아이는 자라는데 집에서 제일 좋은 공간을 서재로 쓰고 있으니 그 부담이 또 얼마며, 책이 서재를 나와 거실로, 베란다로, 심지어는 화장실까지 점유했다는 말을 들려준다. 아, 현실의 책은 점차 천덕꾸러기가 되어가고 있다는 느낌이다.

그러나 나는 언제나 내가 봐야 할 한 권의 책이 더 있을 것 같은 절박한 심정으로 서점을 뒤지고, 인터넷을 누비고, 또 가까운 헌책방과 영혼의 유대를 맺고 있다. 내 경우 책의 문제는 언제나 삶의 1순위였다. 아마 내 영혼의 단어장에는 책이란 말이 제일 먼저 씌어 있을 것이다.

책을 통한 사고 여행은 책이라는 길잡이가 있어 한결 쉬워지고 풍요로워진다.

현실의 여행과는 달리 이 여행의 추억은 언제나 현재적 의미에서 영원하다.

지난날 책읽기는 문약에 빠지는 결과를 초래하기도 했고, 그래서 글을 읽고 쓰는 행위보다 행동 그 자체를 더 높게 평가한 적도 있었다. 우리 역사에서 아마도 문文을 숭상하던 전통이 이런 반대의 결과를 낳은 것인지도 모른다. 물론 인간은 몸과 마음이 함께 균형적으로 발달해야 마땅할 것이다. 지나치게 영혼의 배움에 치중하여 몸이 뒤따라 발전하지 않으면 그것도 문제다. 그러나 아직 과문한 탓인지는 모르지만 어떤 책에서도 영혼의 발전만을 도모하라고 씌어 있는 것을 나는 아직 보지 못했다. 오해가 생기면 교정하는 데 많은 노력을 기울여도 잘 성공하지 못하는 게 우리의 현실이고 뇌의 속성이다.

책을 잘 읽고, 책의 세계를 잘 알면 영육이 골고루 발달할 확률이 그만큼 더 높아진다. '오래된 책'에 대한 기록들에서 문약에 빠져 교활한 눈빛으로 책에 열중해 있는 책 마니아들을 그린 그림들을 보게 된다. 이는 모두 책을 모르고, 그래서 책을 싫어하고 책의 세계에 매혹되지 않은 사람들의 시기에 찬 행동의 산물이다(라고 나는 생각한다).

책을 보는 사람은 지혜로워질 가능성이 아주 높은 사람이다. 좋은 정보를 습득할 확률도 그만큼 커진다. 백번 양보해서 비록 그 책 속에서 당면한 현실 문제에 대처할 정보를 습득할 수 없다 해

도 최소한 다음에 자신의 행보가 어떠해야 할지를 알게 될 확률
이 높다. 내 자신이 출판업계에 종사하고 있어서 하는 말이 아니
다. 요즘 어디든 인구가 한 10만 명만 모여 사는 곳이면 대형 할
인점이 몇 개씩 생기는 것을 보면서 '아, 물건값이 조금만 싸도
사람들이 모이는데, 영혼과 관련된 정보의 값을 몇 배는 더 싸게
얻을 수 있는 서점은 공간도 협소하고, 그나마 있는 곳도 파리를
날리는구나' 하면서 속이 답답해지는 것을 느낀다. 그러면서 경
제가, 펀드가 어떻고, 국민소득이 어떻고 하는 걸 보면 갈 길이
멀었다는 것을 절감한다. 그러면서 책은 우리 영혼의 유기농 채
소인데 하는 생각을 하게 된다.

책은 작가가 쓴 것이다. 책의 세계는 작가의 세계다. 그러나 한 권의 책이 가능해지려면 한 명의 작가만 있어서는 곤란하다. 책은 다른 책들과의 소통 속에서 존재한다. 그렇다면 작가는 무엇을 하는가? 책들을 매개하고 책과 대화한다. 책의 최초 발아자發芽者는 저자다. 그리고 작가다. 작가는 책을 낳고, 책은 다시 저자를 낳는다.

책의 세계를 둘러싼 비의를 알아보려면 작가에 대한 이해가 필수다. 그러나 그렇다고 해서 작가만 알고서 책의 세계를 다 알았다고 할 수는 없는 것이다. 작가는 자신이 의도하지 않은 것들을 무의식 속에서 성취해내는 경우도 많다. 제1차 세계대전 이후 현대인들이 직면한 정신적 황폐감을 노래했다고 알려진 T. S. 엘리엇의 「황무지」는 사실 그의 어두웠던 결혼생활이 배면에 깔려 있었다는 지적처럼, 알려진 것과 사실 간의 거리도 간과할 수는 없다. 작품은 독자와 시대, 또 여러 변수에 의해서 새롭게 태어나기도 하니까. 아마 그래서 신비평에서는 '의도의 오류'를 강조하였는지도 모른다.

예컨대 작가들은 '의식의 흐름' 또는 20세기 프랑스의 누보로망 작가들이 즐겨 사용했던 '하부담화' 기법을 사용하여 논리적 흐름과는 사뭇 다른 시공간을 빚어내기도 한다. 의식의 흐름은 의식의 감각적 흐름을 따라 기술하는 방식을 의미하는데, 하부담화에 대해서는 설명이 좀 필요하다. 하부담화는 사유를 완전한 형식으로 담아내기 이전의 생각, 즉 생각의 찌꺼기 또는 원천적 생각을 의미한다. 그런데 책을 읽다 보면 이 계열의 작가들의 작품이라도 이런 방식의 책읽기만으로는 다 확정할 수 없는 무엇이 남아 있다는 것을 알게 되는데, 그것은 이런 것이다.

먼저 작가들이 의식의 흐름이나 하부담화를 그대로 쓸어 담아 기술하지 않는다는 점이다. 언어를 선택하고 문자를 고르고 하는 과정에서 이는 선별, 또는 조정된다. 또 글쓰기의 중요한 과정 중 하나인 퇴고가 중요한 영향을 미치며 작동하기도 한다. 책의 세계는 작가에 의해 한 차례 더 비의에 싸이게 되는 것이다. 그런 점에서 보면 책의 세계가, 작가의 세계가 간단치 않은 과정으로 이뤄진다는 점을 이해할 수 있다. 따라서 독자들도 이 점에 유의해 책을 읽어야 하지 않을까? 그러므로 독자들에게는 필수적으로 작가에 대한 이해가 요청된다.

의식의 흐름이나 하부담화는, 그 자체보다 결국 작가에 의해 기술되는 경험세계라는 것이 얼마나 부서지기 쉬운 주관성의 가설 위에 서 있는가를 명증한다는 데서 의미 있게 고려해야 한다. 작품은 작가가 경험한 것들의 총체이지만 언제나 의도만으로 구성되는 것은 아니다. 그렇다고 작가의 의도를 무시할 수도 없다. 작가는 작품의 발아자란 것은 바로 이런 의미다. 그리고 소설이란 장르의 성격을 명확하게 보여주었다는 점에서도 이들 기법들이 갖는 의미는 크다. 그런 차원에서 접근해보면 소설 읽기의 외연도 넓어질 수가 있다.

다소 멀리 돌아가 작가들의 세계로 들어가보자. 술을 심하게 많이 마시는 작가들도 있다. 마약을 하는 작가들은 따로 있지만 술의 경우는 많은 작가들에게 큰 영향을 미쳤다. 작가, 시인 들은 예로부터 술을 많이 마시는 것으로 잘 알려져 있다. 그리고 당연히 술은 작가, 시인 들에게 큰 영향을 미치는 듯하다. 그런데 여기에는 상반된 견해도 존재한다.

중독자에게 중요한 것은 무슨 일이 있어도 술이나 마약을 즐길 권리를 수호해야 한다는 사실뿐이다. 헤밍웨이와 피츠제럴드는

창의적이었거나 소외되었거나 도덕적으로 해이해서 술을 마신
것이 아니었다. 그들이 술을 마신 이유는 알코올 중독자라서 어
쩔 수 없었기 때문이었다. 물론 다른 직종에 종사하는 사람들보
다 창의적인 일을 하는 사람들에게 알코올 중독이나 마약 중독의
위험성이 더 큰 것은 사실이지만, 그렇다고 뭐가 달라지는가? 시
궁창에서 구역질을 하고 있는 사람은 누구나 다 똑같아 보인다.

스티븐 킹, 『유혹하는 글쓰기』

뒤라스가 이 책을 쓸 때의 상황을 묘사하는 얘기를 들어보아야
한다. "『죽음의 병』은 내게 매우 중요한 책입니다. 하루에 포도주
를 6리터씩 마셔가며 쓴 책이지요. 술을 그 정도 마시게 되면 아
무것도 먹지 않는다는 얘기지요. 혐오스런 상태가 되는 겁니다.
살도 엄청나게 찌지요. 그렇지만 나 자신을 혐오하는 게 좋습니
다. 그럼으로써 일종의 의지를 확인할 수 있었으니까요. 난 나 자
신이 완전히 해체되는 걸 보고 있었지요. 가만히 보고만 있었지
요. 그러한 추락을 즐기는 측면도 없지 않았습니다."

알렉상드르 라크루아, 『알코올과 예술가』

술이 글 쓰는 이들에게 미치는 영향은 깊이 연구되지 않았다.
그러나 큰 영향을 받은 작가들도 있다. 앞의 글 가운데 헤밍웨이
나 피츠제럴드, 마르그리트 뒤라스에게서 그 영향을 찾아보기는

어렵지 않다. 술을 마시는 작가들은 알코올을 통해 어떤 몽환적인 대상에 성큼 다가서곤 한다.

예컨대 『네이키드 런치』의 작가 윌리엄 버로스나 『블랙 달리아』의 작가 제임스 엘로이, 그리고 찰스 부코프스키의 일련의 소설에서 도취의 흔적을 찾는 것은 어렵지 않다. 그리고 종종 어떤 작가에게는 탄생보다는 소멸이, 생성보다는 파괴가 더 중요한 예술적 가치가 되기도 한다.

소멸을 노래한 작가들은 흔히 타나토스라고 하는 죽음에의 욕망에 이끌린다. 이 장에서는 프랑스의 작가이자 비평가 조르주 바타이유의 경우만 간략하게 살펴본다.

바타이유는 『에로티즘』『눈 이야기』『하늘의 푸른빛』 등을 통해 위반을 이론화하고, 위반의 상상력을 한껏 확장해 보여주었다. 그는 삶의 진실이란 오직 위반을 통한 어둠의 상상력으로 드러나고, 또 위반이란 기성의 도덕률, 관습 등을 타파할 때 비로소 가능해진다는 걸 온몸으로 밀고 나갔다. 우리나라의 어떤 작가가 시대와의 불화를 말하였지만 바타이유의 경우는 그 폭과 의미망에 있어 궤적을 달리한다.

그의 의도는 타자에게 어떤 불쾌감을 유발하는 데 있는 것이 아닐까 하는 정도로 극단적이다. 동시대의 대가들—사르트르나 앙드레 브르통—에게서 광인이나 환자 취급을 받은 것은 말할 것도 없고, 너무 심각하게 적들로 둘러싸인 나머지 그 자신도 스스로를 '정신병자'로 취급했을 정도다.

그의 최종적인 메시지는 인간이 과잉의 경제 상황과 과잉의 생산물에 맞서기 위해서는 신이 되는 길밖에 없다는 극단적인 천명이었다.

바타이유의 말대로 살아 있는 개체는 본능적으로 성장을 지향하기 마련이라면, 개체가 확대재생산을 위한 잉여의 축적에 부심하는 것은 자연스런 일이다. 이 본능을 제어하고, 증여 즉 도덕을 가능하게 하는 길은 인간이 인간에게 신이 되는 길밖에 없다. 그런데 불행히도 현대사회에서 인간은 인간에게 늑대가 되어 있다. 바타이유가 결론에서 도덕성의 회복을 강조할 때마다 그 강조가 공허하게 들리는 것은 바로 이런 까닭일 것이다.

유기환, 『조르주 바타이유』

작가들은 때로 그 자신이 생성보다는 소멸에 이바지해야 한다는 소명의식을 느끼기도 한다. 마르그리트 뒤라스의 앞의 인용구는 이런 점을 명확히 보여준다.

l'ingrediente

책은 작가가 쓴 것이다. 그러나 작가가 거느린 어둠은 간단치 않다.

그들은 감히 신의 차원을 들여다보고 신을 꿈꾼다.

또한 어떤 작가들은 약물에 끌리기도 한다. 환각제나 각성제를 먹고 글을 쓰는 작가들의 이야기는 잘 알려져 있다. 『멋진 신세계』의 작가 올더스 헉슬리가 대표적인 예다. 글을 쓰고 싶어 주체할 수 없는 욕구를 느끼는 현상을 의학적으로는 하이퍼그라피아 hypergraphia라고 하고 자신의 의지와는 관계없이 글을 못 쓰는 현상을 작가의 블록 현상 writer's block이라고 한다. 그런데 이는 모두 소통하려는 욕망과 깊은 관련이 있다.

하이퍼그라피아는 창의적인 욕구의 본질을 들여다보게 해주는 일종의 창이다. 욕구는 대개 측두엽과 밀접한 상호작용을 하는 변연계에 의해 조절된다. 일반적으로 욕구와 재능은 매우 가까운 사이라서 구별하기가 쉽지 않지만, 신경학적으로 보면 욕구는 재능보다 더 쉽게 이해될 수 있다. 어떤 사람이 뭔가를 하려는 동기가 강하다면 그것을 잘할 수 있는 가능성도 크며, 마찬가지로 어떤 사람이 뭔가를 잘한다면(특히 그것이 남들로부터 칭송받는 것이라면) 욕구가 증대할 가능성도 크기 때문이다.

앨리스 플래허티, 『하이퍼그라피아』

작가들은 대개 쓰려는 욕구가 아주 강한 사람이다. 거의 중독에 가까운 글쓰기 환자들도 역사상 많이 찾아볼 수 있다. 그런데 여기에서 간과할 수 없는 것은, 그런 열정적인 글쓰기가 위대한 작가를 낳았다는 바로 그 점이다. 여기에서 재능은 부차적인 문제가 된다. 제임스 조이스가 그랬고, 프루스트가 그랬다.

따라서 글쓰기의 차원에는 여러 층위가 존재한다. 그러나 위대한 작가들과 그렇지 않은 사람들의 뇌 구조가 서로 다르다는 의미는 아니다. 그렇다면 우리는 위대한 작가가 될 수 있을 것인가? 노력 여하에 따라서는 그렇다고 해야 하리라. 그러나 글쓰기에는 의욕만으로는 잘되지 않는 어떤 측면이 또 내재해 있는 것 아니겠는가.

많은 작가들이 우울증을 경험한다. 그들은 범인들보다 더 많은 비율로 우울증과 대면한다. 우울증은 작가들에게 블록 현상을 일으킨다. 작가 줄리아 크리스테바의 경우를 들어보자.

우울한 사람이 자신의 우울한 상태에 대해 글을 쓰는 것은, 그 행위가 우울 그 자체에서 기인할 것일 때에만 의미가 있다. 나는 장시간에 걸쳐 우리로 하여금 말, 행동, 심지어 관심을 잃어버리게 만드는, 전혀 소통 불가능한 비탄, 그 슬픔의 심연에 대해 이야기하려 한다. 이런 절망감에는 욕구와 창의성을 다시 회복할 수 있다는 가능성조차 보이지 않는다. 이것은 아주 부정적이며, 현실적인 문제이다. 우울함 속에서 존재가 거의 무너질 상황에 처해 있다면, 그 존재의 의미 없음은 더 이상 비극도 아니다. 그것은 불을 보듯 명백하고 불가피하기 때문이다.

이 검은 태양은 어디에서 왔을까? 도대체 어떤 무시무시한 은하계가 그 보이지 않는 무거운 광선을 쏘아 나를 쓰러뜨리고, 침대에 못박은 채 침묵하도록 강요하는 것일까?

『하이퍼그라피아』

이런 절망감이 버지니아 울프를, 실비아 플라스를 죽음의 입 속에 빨려들게 했음에 틀림없다. 이런 우울증은 작가를 침묵에 빠뜨린다. 깊은 침묵 속에서 글을 못 쓰는 작가의 이야기는 윌리엄 스타이런의『보이는 어둠』을 보면 잘 드러나 있다.

책은 작가가 쓴 것이다. 그러나 작가가 거느린 어둠은 간단치 않다. 우리는 작가를 통해 책을 본다. 작가를 한 개인으로 보는 것이 중요한 것이 아니라 작가를 통해 책을 잘 들여다보기 위해 이렇게 에둘러 왔다. 책의 세계는 복잡하다. 작가들은 우리와 같이 피가 통하고 육신을 지닌 존재들이다. 그러나 그들은 감히 신의 차원을 들여다보고 신을 꿈꾼다. 앞서 조르주 바타이유의 지향이 그러했듯이.

　독자는 어떤 사람인가. 독자는 먼저 작가의 맞은편쯤에 위치한 사람을 의미한다고 하면 되는가? 작가가 있고 독자가 있었다면 좋겠는데, 사실은 책을 읽고자 하는 욕망이 선행하는 것 아닌가? 욕망이 저 밑바탕에 있어 독자를 만들어내고 또 작가도 만들어냈다고 하면 안 되는가? 어떤 문학평론가는 에드거 앨런 포가 현대에 태어났다면 힘들여 공포소설을 쓸 필요가 없었을 것이라고 말했다. 현대가 바로 그를 낳았을 테니 말이다. 그렇다면 읽고자 하는 욕망이 책과 독자, 그리고 작가를 만들어낸 것 아닐까.

　사실 많은 작가들이 판타지와 욕망 속에서 글을 썼다고 들려주거니와 심지어 돈을 벌기 위해 글을 썼다는 작가나 저자조차 자신의 이런 원초적 욕망을 들려주기를 꺼리지 않는다. 그러므로 책에는 어떤 다소 광적인 열망이 내재해 있다고 하면 안 될까.

　그 옛날 어떤 이는 개인 도서관을 만들 정도로 많은 책을 소장

하고 있었는데, 한시라도 책과 떨어지고 싶지 않아 책을 전부 낙타에 싣고 다니면서 읽었다고 한다. 또 어떤 이는 책을 이불 대신 덮고 자며 책을 병풍처럼 둘러 바람을 막고 식음을 전폐하고 읽었다고 하니 읽기의 욕망, 독자로서의 욕망이 오늘날 책 문화, 출판 문화, 지식 정보 문화를 낳았다고 감히 말할 수 있으리라.

현실적으로 그렇다면 옛날과 달리 형형색색의 책이 다 나오는 현대에는 과연 몇 권의 책을 읽어야 진정한 의미의 독자라고 할 수 있을까? 수량이 중요한 것은 아니지만, 어느 수험생은 1년에 2000권을 읽었다고 들려주거니와, 정보 습득의 필요성이 그 어느 때보다 심대해진 오늘날 과연 최소 몇 권의 책을 읽어야 비로소 제대로 된 독자의 반열에 낄 수 있을까?

잠정적으로 현대인이라면 한 달에 4권, 일주일에 1권꼴로는 책을 읽어야 적어도 정보 습득의 전체 양적 측면에서 남에게 뒤처지지 않을 것이라는 생각이다. 그렇다면 1년에 50권 정도의 책을 읽는 셈인데 이렇게 적어도 한 20년은 읽어서 1000권 정도는 읽었다고 해야, 수량에 있어서는 일정 요건을 충족했다고 말할 수 있을 것이다.

물론 전자책을 구입해서 본다면 그것도 좋고, 보고서도 열심히 읽으면 정보 습득에 도움이 되지만, 그래도 종이책만으로도 이 정도는 읽어야 하지 않을까?

책이 종이에 인쇄되어 현재의 방식과 같이 제본되어 있어야 꼭 의미가 있고 책인 것인가에 대해서는 전혀 그렇지 않다고 답할 수 있다. 그런데도 현재의 종이책이란 것은 수백 년, 아니 수천 년간 진화되어온 것이다. 전자책이 따라올 수 없는 차원의 아우라가 종이책에는 있는 것이다. 그렇다고 내가 무슨 종이 대망론 같은 걸 펼칠 생각은 아니다.

갖고 있는 책을 읽는 순서를 배열할 때도 나름의 노하우를 기를 필요가 있다. 나의 최소한의 책 배열 원칙을 먼저 말해본다. 우선 책에 대한 접근 방식에 따라 첫째, 머리를 식히기 위해, 즉 즐거움을 주는 책—책을 읽는 목적 가운데 즐거움의 원칙은 아주 중요한 것이다. 즐겁지 않으면 누가 책을 볼까—과 둘째, 정보 습득을 위한 책으로 나눌 수 있고, 이 가운데 셋째, 정보 습득에 필요하나 시간상 또는 여러 제약으로 좀 더 시간을 두고 읽어볼 책으로 다시 나눌 수 있다. 따라서 책읽기 배열도 이 원칙에 입각하여,

1. 정보를 철저히 습득하는 데 필요한 책—내 경우 출판, 문학, 트렌드, 예술 분야 등을 다룬 책—은 가까운 곳—책상, 머리맡, 소파 옆—에 두고 항시 시간이 나는 대로 펴들게 된다. 이런 책은 서가에도 잘 가져가지 않는다. 다 읽기 전에는.

2. 정보 습득이 필요하나 좀 시간이 걸릴 만한 분량, 또 단시간에 정보를 습득하지 않아도 되는 책은 먼저 목차나 내용의 일단을 살펴보아 이 책에 무엇이 있는지를 확인한 후 서가에 잘 띄게 꽂아둔다.

3. 정보 습득이 다 끝난 책은 서가의 깊숙한 곳, 심지어 창고까지 가기도 한다. 이런 곳에 잃어버리지만 않을 정도로 둔다. 곁에 두고 봐야 할 책과 그렇지 않은 책을 구별하여 가급적 많은 분량을 따로 보관하도록 한다.

4. 즐거움으로 가볍게 보는 책은 갖고 다니기도 하고 앞에서 말한 것처럼 가까운 데 두고 보다가 읽기가 끝나면 주위 사람들에게 주거나 버린다(이런 책들이 주인이 되어 서가를 차지하고 있지 않도록 항상 유의한다).

5. 구입한 책 가운데 내용 파악이 안 된 책은 책상 위나, 때에 따라 서가의 밑(꽂아둔 것은 감별이 끝난 책이므로)에 쌓아둬서 주말이나 휴일에 마음먹고 몰입하여 먼저 내용 파악을 한 다음 1번에서 4번으로 각각 처리한다.

이런 원칙이 좋다는 것은 아니지만 각별히 데이터 스모그를 조심해야 할 현대인이므로 누구나 나름대로 정보를 갈무리하는 방법이 하나씩은 있을 것이다. 내 경우 책은 이런 식으로 분류한다. 독자라면 무릇 나름의 책읽기 순서 원칙을 세워볼 일이다.

책읽기의 방식을 몇 가지로 유형화하기는 어렵다. 100명이 있으면 100가지 독서법이 있기 때문이다. 그러나 책읽기의 형태를 독후감을 통해 개략적으로 엿볼 수는 있으니, 다음의 내용이 그것이다. 그런데 여기에서 유념해야 할 것은 어떤 사람이 어떤 유형의 글읽기, 책읽기를 하는가보다 그 유형이 얼마나 다양하고 읽기의 선구자들은 어떤 점에 착안해서 글을 읽었는가 하는 점이다. 이를 타산지석으로 삼아 나의 책읽기를 얼마나 풍부하게 할 것인지 생각하자는 것이다.

1. 체험형 책읽기

내가 청소년기에 읽은 단편소설들은 대개 일제 강점기 또는 해방 직후의 이야기들이었다. 거기에는 일제의 지배를 받거나 전쟁 이후의 가난한 시대를 살아야 했던 사람들의 애환이 가득 담겨 있었다. (…)

극소수의 특권층을 제외한다면, 일제시대부터 당대까지 대부분 사람들의 삶을 지배했던 것은 가난이었다. 가난을 그린 작품들 중 얼른 떠오르는 것은 전영택의 「화수분」이다. (…)

당시 이 소설을 읽으면서 이해하기 힘들었던 것은 화수분 가족

의 가난 자체보다는 그 주변 사람들이었다. 왜 사람들은 한 가족
이 절단 나도록 내버려두는 것일까? 바로 옆의 사람들, 특히 이
소설의 화자인 주인 내외는 왜 화수분네를 도와주지 않을까? 그
러고는 이렇게 남에게 이야기만 전해주는 것일까? 아마도 일종의
분노와 함께 찾아왔을 이런 순진한 의문은 사회적 불평등에 대한
최초의 의문이었던 것 같다.

이정우, 『탐독』

　삶과 책의 내용을 결부 짓는 것은 어쩌면 책 읽는 이의 숙명인
지도 모른다. 어떤 책에는 독자가 책에 100퍼센트 몰입하는 것이
최선이라고 적혀 있지만 나는 반드시 그래야만 하는 것은 아니라
고 생각한다. 책과 자신의 삶을 오버랩해서 읽는 책읽기도 그 나
름대로 매력이 있고, 깊이 있는 삶에 대한 조응이라는 책읽기 원
래의 가치를 잘 살린 독서법이라고 생각한다. 앞의 글에서 알 수
있듯이 책을 읽는 사이사이에 틈입하는 의문은 책과 비판적 읽기
의 방법적 긴장을 증폭시키면서, 이후 자신의 과제나 더 읽어야
할 책, 의문에 대한 답 찾기 등등을 가능하게 해준다.

　책읽기는 그저 머리로만 하는 것이 아니다. 눈으로 보고, 입으
로 읽고, 또 손으로 넘기는 과정에서 자신의 몸이 알고, 또 심정
적으로 반응하게 된다. 그런 점에서 체험형 책읽기는 아주 중요
한 책읽기 방법론이라고 할 수 있다.

2. 사유형 책읽기

책읽기의 대종을 차지하는 방법론이다. 책과 함께 우리의 사유가 증폭된다. 텍스트와 밀고 당기는 지적인 게임 속에서 사유의 폭이 커진다.

그(바슐라르)의 행복한 상상력은 그것이 한 개인의 사회적 삶에서 유리되어 있는 점묘주의라는 평가와 함께 현대인의 소외를 구제해줄 수 있는 진정한 의미의 상징적 상상력이라는 찬사를 다 같이 받고 있다. 바슐라르의 상상력은 인간이 사물화 현상, 소외에서 어떻게 벗어날 수 있는가 하는 것을 암시적으로 보여준다. 그 개인이 사회 전반으로 확대될 수 있느냐 없느냐 하는 문제는 그러나 그대로 남는다. 모두가 다 책을 읽는, 독서의 신에게 매일 기도를 올리는 독자는 될 수는 없기 때문이다.

김현, 『행복의 시학/제강의 꿈』

주제에서 벗어나는 말이지만 김현 사후에 한국문학은 아직도 그 공백을 못 메우고 있다. 아마 영원히 못 메울지도 모르겠다(고 나는 생각한다). 앞의 글만 봐도 그가 바슐라르의 원전과 자신의 사유를 얼마나 치밀하게 교직하는지 잘 알 수 있다. 바슐라르와 르네 지라르, 벤야민 등은 김현의 사유의 많은 부분을 차지한 문예비평가, 철학자 들이다. 이 글에서 그는 바슐라르의 상상력을 비판적으로 사유하면서 그다운 독특한 시각의 일단을 드러내 보인다. 사유하며 읽기의 한 전범이라 할 만하다.

3. 개념형 책읽기

개념형 책읽기는 정보 습득의 필요성이 높을 때 많이 이뤄진다. 눈으로 속독하고, 주요한 개념들에 밑줄을 그어가면서 정보 습득의 효능을 극대화한 책읽기다. 가령 경제·경영서 등 정보 습득의 목적으로 들게 되는 책에서는 이런 책읽기가 주효할 수 있다. 책들 가운데서도 정보 전달 위주로 된 책들은 항목화, 도식화한 서술 구성을 택해 속독이 가능하도록 배려하고 있다.

개념만 알아야 할 때 사실 곁가지들은 중요하지 않을 수도 있고, 또 대개 그렇다고 생각한다. 그러나 답을 아는 것은 때로 중요하지 않다. 과정이 더 중요할 수가 있다. 왜냐하면 삶에서의 답이란 어느 순간, 어느 상황에든 다 적용되는 것이 아니기 때문이다. 먹이를 받아 먹는 것보다 구하는 법을 익혀야 잘 살 수 있다. 너무 거친 책읽기가 성공하지 못하는 것은 정보 전달만을 받으려고 하는 책읽기의 경우에도 마찬가지인 것 같다.

때에 따라서 개념 위주의 글읽기를 위해 다음과 같은 독서 형태도 권장할 만하다.

흔히 책 뒤에 붙은 '찾아보기'는 출판사의 성의, 편집자의 역량을 보여주는 지표이다. 이 때문에 책을 고를 때 주요 고려사항으로 삼긴 하지만 나만의 찾아보기가 훨씬 유용하다.

책표지 안쪽의 백지에 책을 읽은 느낌, 중요 구절, 참고 내용을 그때그때 적어놓는 것이다. 예컨대 『보보스』의 경우 '라테마을'(114쪽), '글이 관심을 모으려면 틀려야 한다. 논리적인 글은 읽고 이해받을 수 있다. 하지만 비논리적이거나 틀린 글은 다른 저자들이 들고 일어나서 대응하도록 자극해 엄청난 관심을 모을 수 있다.' (180쪽) 등을 적는 식이다. 시간도 덜 들고 필요할 때 찾기도 쉽다.

김성희, 『맛있는 책읽기』

이 밖에도 책읽기의 방식에는 여러 가지가 있을 수 있다. 여기에서 중요하게 방점을 찍어둘 것은 책읽기에서 읽는 이의 심리 상태, 상황, 노력 여부 등이 무척 중요하다는 점이다. 예컨대 아주 재미있을 것 같은 책은, 나는 아주 독특한 심리 상태일 때만 읽는다. 우울하다든가 기분 전환이 하고 싶을 때가 그런 때다. 여러 권의 책들을 함께 꺼내놓고 쉬엄쉬엄 읽을 때도 있다. 읽다가 재미가 없으면 밀쳐놓고 또 다른 책을 꺼내 든다. 한 책을 보다 관심이 생기면 관련 책을 더 읽어보고, 그래서 어떤 때는 책단 잔뜩 꺼내놓고 한 권도 제대로 보지 않고 책상만 잔뜩 어질러놓는 일도 있다.

책을 둘러싼 세계의 모험을 완성하는 것은 책을 산 사람이 아니라 책을 읽는 독자다. 독자를 통해 책의 세계는 풍요로워지고, 책의 세계는 마침내 완성된다. '산 책'도 '파는 책'도 중요하지만 결국 책은 '읽어야 내 것'이 된다. 내 것이 되는 책은 내가 최소한 일별한 책이고, 또 언젠가 숙독할 책이다.

책을 읽기 위해서는 서재가 필요하다. 그러나 이런 말은 그저 변명에 불과하다. 책을 읽는 데 필요한 것은 미안한 말이지만 책과 시간밖에 없다. 책읽기는 시간과 공간만 있으면 어디에서나 이뤄질 수 있다. 그렇다면 왜 서재를 문제 삼는가? 서재는 그저 책만 있는 공간이 아니기 때문이다.

책읽기가 사유를 풍부하게 하고, 상념을 체계화하고, 눈앞에 당면한 현실 외에 그 너머의 구원久遠한 삶을 보게 한다는 것은 앞서 말한 대로다. 그런데 서재는 바로 이 꿈이 현실이 되는 공간이다.

서재는 책의 거소이고, 사유의 집이며, 영혼의 안식처다. 책이 몇 권 꽂혀 있지 않은, 비록 책꽂이 하나뿐인 서재라도 그 가운데서 우리는 꿈을 먹고, 영혼의 위안을 구하고, 내일을 설계할 수가 있다, 우리의 자세 여하에 따라서. 사고 여하에 따라서. 그러므로 도서관과 서재를 가꾸는 것은 다름 아닌 책 읽는 이의 과제다.

어느 공간이라도 나의 서재로 바꿀 수 있는 능력은 한 권의 책과, 책에 대한 몰입과 사실을 바로 알려는 안간힘만 있으면 가능하다. 지난 시절 내가 아무리 상황이 나빠도 변함없이 책읽기를 계속할 수 있었던 것은 책읽기는 상황에 별로 구애받지 않는 행위이기 때문이었다는 생각이 든다. 그렇다. 책읽기는 서재가 아닌 공간에서도 가능하고, 또 책을 읽고 있는 장소가 바로 서재가 될 수 있다.

책이 꽂힌 서재는 벤야민 식으로 말하자면 '범속한 트임'이 이뤄지는 공간이다. 복제된 책들이 쌓인 서재는 원본이 없는 '복제의 세계'이지만, 사용 여하에 따라서 새로운 모멘텀이 만들어질 수 있는 공간이다.

우선 책과 책의 만남을 예로 들 수 있다. 책은 책과의 교통 속에서만 비로소 의미를 지닌다. 또 책과 읽는 이와의 교통을 들 수 있다. 인류가 읽고 싶어 하는 결정적인 한 권의 책은 아직까지 쓰이지 않았다. 이 결정적인 한 권의 책이 없는 서재에서는 언제나 그 '비어 있는' 공간을 향한 노력이 오늘도 행해진다. 그런 점에서 보면 세계의 비밀을 알아내려는 지적인 선구자의 노력은 모두 '도로徒勞'로 돌아갔다.

그러나 그런 노력들은 흔적을 남겼다. 책과 인간 간의 '작동'이 바로 그것이다. 이 시시포스적인 안간힘은 원본 책에는 없는 복제본 책만의 2차적 아우라를 발생시켰다. 원본을 수집하는 사람들은 믿지 못할 아우라가 복제본들이 운집한 서재에는 있다. 그런데 그것은 책읽기라는 방아쇠가 당겨져야만 비로소 작동하는 것이다. 나는 이것을 책을 읽는 이의 노력, 즉 작동의 노력이라고 생각한다. 이제 2차적 아우라를 꽃피워야 할 시기가 왔다. 책을 펴는 노력이 바로 그것이다.

이런 '범속한 트임'은 책과의 화학적 결합 속에서 생겨난다. 그런 점에서 읽는 이의 역할은 그 어느 시대보다 더 중요하다. 책이 꽂힌 서재에 주인이 있다면 마땅히 '읽는 사람'이어야 하고, 그런 존재가 없을 때에는 책의 세계는 아직 봉인된 채로 있다고 보아야 한다.

책세계의 봉인을 풀기 위해서는 서재로 가야 한다. 서재에서 우리가 바로 지금 살고 있는 이 삶에 대해서 알고 싶은 열망을 풀지 못한다면 그것을 어디서 알아내겠는가? 그런 점에서 보면 서재는 마치 전쟁터와 같다. 전쟁터도 그런 전쟁터가 없다. 마치 벤야민이 『아케이드 프로젝트』를 통해 자신이 살고 있는 파리 사회, 또는 당대를 해체해서 자본주의적 삶의 의미를 캐내려 했고 재구성하려고 애썼듯이 우리는 그런 심정으로 서재로 가야 한다.

벤야민의 이 텍스트는 '20세기에 쓰여진 가장 위대한 서사시'라는 평가가 있듯이 천 개의 입구와 출구를 동시에 가진 거대한 개미굴 같은 형태로 마치 멀티미디어처럼 누구나 멀티유저가 되어 각자의 입장과 위치에서 얼마든지 자유롭게 접속해도 좋을 것이다. 즉, 벤야민의 이 『아케이드 프로젝트』는 온갖 종류와 방향의 사유들이 '댓글'과 '펌글', '블로그' 형태로 접속을 기다리는 무한한 정보의 바다www처럼 보이지 않는가. 우연의 일치이든 아니면 작가와 텍스트의 미완의 운명 때문이든 멀티 텍스트가 되어버린 이 책은 그만큼 형식 면에서도 디지털 문화를 선구적으로 예시하면서 오늘날의 디지털적 글쓰기를 반성적으로 되돌아볼 수 있도록 해준다.

조형준, 「한국어판 옮긴이 서문」, 발터 벤야민, 『아케이드 프로젝트 1』에서

벤야민의 이 책은 한 도시와 한 작가와의 관계를 넘어 자신이 살고 있는 한 세기 전반을 통찰하려는 야심적 시도다. 이 시도는 자신의 인생을 포함하여 한 권의 책 속에 다기한 삶의 모든 것을 포괄해보려는 어쩌면 무모할 수도 있는 시도다. 인생을 서재 속에 옮겨두려는 이 야심적 시도는 모든 웅장한 시도들이 그렇듯 미완성으로 끝났다. 그의 삶이 미완으로 끝났고, 이 프로젝트도 미완으로 끝났다. 그럼에도 미완인 『아케이드 프로젝트』는 벤야민이 우리에게 삶을 전시하려는 목적을 훌륭히 달성했다. 적어도

20세기 역사를 이해하려는 가장 웅장하고도 진지한 시도가 여기에 있다는 것만은 부인할 수 없다. 이는 삶을 책으로 대변케 하고 삶을 도서관 혹은 서가에 오롯이 비치하려는 우리 욕망의 극한을 보여준 것이 된다.

그 자신도 『아케이드 프로젝트』에 대해 "이 책은 나의 모든 투쟁, 나의 모든 사상의 무대이다"라고 설파했다.

인생을 책으로 전시하려는 시도는 벤야민이 처음은 아니었다. 아마 보편적인 인간 모두의 잠재의식에 이런 욕망이 조금은 있는 것 아닐까? 어르신들이 "내 인생은 책 한 권으로도 다 못 쓴다"라고 말하곤 하는데 이는 바로 이런 욕망을 잘 보여준 것 아닐까? 실제 출판 현장에 있다 보면 많은 사람들이 비록 적은 부수의 발행으로나마 책으로 자신을 인생을 정리하고자 하는데, 그럴 때마다 나는 문득문득 이 사실을 확인하곤 한다.

책으로 인생을 전시하고 싶은 욕망과 서재에 책을 쌓아두고 읽고자 하는 욕망은 길항한다. 그런데 어쩌면 수집 그 자체에 방점이 있을지도 모른다. 사람이 악魔을 들여다보면 악도 사람을 들여다본다고 한다. 사람이 책을 원하면, 아무리 많은 양을 쌓고 쌓아도 그 갈증이 해소되지 않는다.

서재는 책의 거소이고, 사유의 집이며, 영혼의 안식처다.

그 가운데서 우리는 꿈을 먹고, 영혼의 위안을 구하고, 내일을 설계할 수가 있다.

서재를 책으로 채우고 싶다는 충동은 세계의 비밀을 간파하고자 하는 이들이나 세계의 스승들이 공통적으로 갖는 욕망이다. 이 충동은 그 어떤 상황에서도 책을 보전하고 쌓아두려는 것이다. 어느 시인이 노래했듯이, 사람들이 말하고 이야기하며 연구한 것들의 전체, 혹은 그 본질들을 끝도 없이 쌓고 또 쌓아서 '나란히' 모으고 싶다는 원초적 욕망이다. 거기에는 적어도 그렇게 해서 자신이 수집한 지식의 규모라도 가늠하려는 의도가 숨어 있다.

뤼시앵 폴라스트롱, 『사라진 책의 역사』

서재를 완비하고 싶다는 욕망은 13세기 로마 제국 말기의 어느 섬에서 수도사들이 약 300권의 책을 소장하고 있다고 자부심을 드러낸 것과 20세기 말 미국 국회도서관의 장서가 1억 권이 되었다는 천명과 본질적으로 동질의 것이다.

책을 수집한다는 것은 사실 책 그 자체를 수집한다는 의미도 있고, 지식을 수집한다는 의미도 있다. 책 수집가들의 지향이 저마다 차이가 나는 것은 내용 위주냐, 형식 위주냐 하는 데서 온다. 그러나 우리가 어떤 사물을 떠올려볼 때 형식과 내용이 서로 분리된 것이 아니라 결합되어 있다는 데 주목하게 된다. 즉 겉은 속이고, 속은 또 겉이기 때문이다. 흔히 책의 외양과 책의 내부가 서로 잘 조화되어 있을 때 좋은 출판이 이뤄지는 것과 같은 이치다.

그리고 책 수집의 역사에는 웃지 못할 에피소드들도 많다.

　책 수집은 천의 얼굴을 지녔다. 아마도 가장 풍부하면서도 가장 다중적인 수집의 형태가 책 수집일 것이다. 책을 단순히 수집품으로 여겨 인쇄 날짜와 장소, 판과 쇄, 종이 질과 활자체를 확인하면 다시 펼쳐보지 않는 사람들이 있는가 하면, 초판만 수집하는 사람, 특정 출판사에서 나온 모든 책을 수집하는 사람, 특정 작가의 모든 책을 수집하는 사람, 16세기에 뷔르츠부르크 혹은 런던에서 인쇄된 책을 수집하는 사람, 파리의 특정 작업장에서 제본한 책을 수집하는 사람, 모로코 가죽으로 장정한 책을 수집하는 사람, 표현주의적으로 제본한 책을 수집하는 사람, 청서靑書 영국 의회나 추밀원의 보고서를 수집하는 사람, 크기가 작은 책만 수집하는 사람, 길쭉한 책을 수집하는 사람, 도련을 치지 않은 책을 수집하는 사람 등 그야말로 십인십색이다. "여기 있는 책 대부분은 한 번도 펼쳐지지 않을 것"이라고, 사방을 둘러싼 반짝이는 금박 제목과 가죽 장정 책들을 가리키며 런던의 유명한 고서적상 헨리 소더랜은 말한다. "이 책들은 소장용이지, 독서용이 아닙니다." 18세기에는 많은 장서가들이 책을 두 권씩 샀다. 한 권은 보관용으로, 한 권은 독서용으로.

필립 블롬, 『수집』

　수집의 층위에서 바라보면 책은 중간쯤에 놓인다고 할 수 있다. 책은 형태가 너무 다양하고 일반적으로 발행 부수가 많으므로 수집의 대상으로 반드시 좋다고만 할 수도 없다. 그러나 책을 수집하는 사람들의 욕망은 이런 제약을 넘어선다. 여기에는 인간이 수집벽을 가진 존재, 만족을 모르는 존재라는 점도 일부 작용한다. 인간이 만족을 모르는 것은 야망을 크게 갖기 때문이라고? 그렇지 않다고 말하는 사람도 있다. 그들은 어떤 인간은 더 많은 것을 희망하는 가운데 힘을 소진한다고 주장하는데, 그들(만족을 못 느끼는 사람들)은 진정 원하는 것을 알지 못하면서 편집증만 발전시키게 된다는 것이다.

　그러거나 말거나 책을 보는 사람은 다 조금씩 편집증을 가지고 있다고 할 수 있다. 지적인 강박의식과도 일맥상통하는 이런 심리적 기저를 반드시 나쁘다고만 할 수 있을까?

　책의 세계는 강박과 잘 통하는 세계다. 책을 쓴 사람들은 어떤 의미에서 다 정도正道를 벗어난 사람들이다. 어떤 저자의 경우 책을 향한 열망이 현실적인 여러 성취들을 싸그리 무너뜨릴 정도다. 그는 무섭도록 책에 집중한다. 우리 현실에서 몇몇 사람 외엔 책을 써서 얻을 수 있는 경제적인 이득이 그다지 크지 않다. 그런데도 귀중한 시간과 재화를 책에 투자하는 것이다. 책을 수집하는 사람의 열망도 이에 못지않다.

드물지만 책 수집이 살인을 야기한 경우도 있는데, 귀스타브 플로베르는 초기 집필기에 1830년대 에스파냐에서 있었던 사건을 소재로 단편소설을 한 편 썼다. 이 소설의 주인공은 타라고나 근처의 한 수도원 사서인 돈 빈센트라는 사람이다. 그 수도원은 도적 떼에게 습격당해 황금과 귀중본 서적을 다량으로 도둑맞았다. 돈 빈센트는 얼마 뒤 수도원을 떠나 바르셀로나에서 희귀본 서점을 운영한다. 그는 귀한 책은 팔기 싫어하는 사람이라고 소문이 나는데, 사들이기는 많이 사들이면서 서점에서 내보내는 책이 너무 적었던 것이다. 1836년 경매소에 굉장한 보물이 들어왔다. 그것은 『발렌시아 왕국의 칙령과 규례들』로 에스파냐 최초의 인쇄업자 람베르트 팔마르트가 인쇄한 것 가운데 유일하게 남아 있는 것이라는 평가였다. 아우구스티노 파트소트라는 경쟁 서점 패거리가 자기보다 비싼 값을 불렀다는 사실을 안 돈 빈센트는 분을 참지 못하고 노발대발했다. 사흘 뒤 파트소트의 서점에 불이 났고, 파트소트는 안에서 살해된 채 발견되었다. 그러고는 줄줄이 이어진 살인 사건으로 바르셀로나 일대가 공포에 떨었는데, 피살자 전부가 지성인, 학자, 애서가였다.

『수집』

살인까지 부르는 책의 수집가들. 그 집착과 지향이 모두 지식 세계의 내부를 풍성하게 아로새긴 에피소드를 낳았다. 책을 본다는 것은 역사를 본다는 것이고, 책의 세계를 안다는 것은 지혜의 세계를 안다는 것이다. 살인을 부른 책의 집착과 수집, 그 역사는 오늘도 계속된다.

도서관에 꽂힌 책

책들의 침묵으로 정적에 싸인 도서관 복도를 걸어가는 자신의 모습을 상상해보라. 숱하게 꽂힌 책들에서 뿜어져 나오는 종이와 잉크 냄새, 책상과 의자에서 풍기는 아우라, 죽은 저자와 교통하고 싶어 하는 사람들의 안간힘 등이 느껴지고 이 모든 것들로 인해 어느새 행복감에 충만해진다. 그런 데다 아직 읽지 않은 책들이 빼곡히 쌓인 서재를 바라보는 내 눈은 가야 할 길에 대한 설렘으로 숨이 막힐 듯하다. 어디 에로틱에 비길까, 나는 본능적으로 책과의 연애가 시작되었음을 안다.

우리가 언젠가 이 세상에서 사라질 것임을 더 적을 필요가 있으랴. 우리가 사라진 세상에 책이 남는다는 말을 하려는 것이냐고? 그렇지 않다. 이 세상에 영속하는 것이 무엇이 있으랴. 하지만 조금 더 수명을 연장하고, 좀 더 인간다운(나는 이것이 무엇인지 모르면서 적고 있는데) 삶을 만들 수는 있지 않으랴. 이때 수명이라

하는 것은 단지 삶을 이어가는 숫자적 의미가 아니다. 이상이란 작가는 스물여덟 해를 지상에서 살았지만, 그의 탄생 100주년에 많은 사람들이 그를 호명하니 백 살까지 산 것이 아닌가.

언젠가는 인간이 사라지듯, 책도 사라진다. 그러나 이 성찰적인 목소리가 사라진 후의 세상을 굳이 꿈꿀 필요가 있으랴.

책도 사라진다. 지상에서 사라진 책의 역사를 말해주는 책이 있다. 책을 파괴하는 몽매의 역사는 깊고도 넓다. 불과 몇 해 전 이라크전쟁 당시에도 도서관마다 거의 모든 장서들이 약탈되거나 소실되어 없어졌다. 도서관이 파괴된 역사들도 숱하다. 좀 지루하더라도 읽어주길 바란다.

기원전

1358년 테베 도서관이 파괴되다.

1336년 아마르타의 아크타톤 도서관이 파괴되다.

525년 페르시아의 침공으로 이집트 도서관들이 파괴되다.

450~410년 사바 왕국의 건국자가 우산족에 대해 '승리에 대한 논論'을 쓰다. 그는 여기에서 "나, 카리빌 와타르는 적들을 죽이

고, 그들의 신을 모욕했으며, 그들 글의 흔적을 파괴했다"고 썼다. 그는 스스로 '무카리브mukarrib, 통일자'라고 칭했다.

330년 알렉산드로스 대왕이 페르세폴리스 궁전을 파괴했다. 궁전에 있던 책들, 특히 조로아스터교 경전의 원본들도 이때 파괴되었을 것으로 짐작된다.

213년 중국 진나라의 시황제가 분서焚書를 명하다.

207년 중국의 수도가 불타고 황실 도서가 소실되다.

186년 티투스 리비우스가 로마 원로원이 여러 차례 '예언서vaticini libri'를 모두 모아 불사르게 했다는 기록을 남기다.

181년 로마에서 궤짝에 든 채 파묻혀 있던 누마 장서가 발견되었으나 궤짝 안에 들어 있던 그리스 철학책들은 모두 소각되다.

167년 안티오코스 에피파네스가 팔레스타인에서 히브리어로 쓰인 모든 필사본을 파괴하다.

146년 카르타고 함락과 더불어 이곳의 장서들이 소실되다.

83년 로마 화재. 시빌의 예언서가 소실되다.

48년 알렉산드리아 화재. 이때에 카이사르가 알렉산드리아 도서관을 파괴했던 것으로 짐작된다.

12년 아우구스투스가 대신관이 되어 "미신에 젖은" 2000권의 책을 불사르게 하다.

뤼시앵 폴라스트롱, 『사라진 책의 역사』

　여기까지는 기원전 책 파괴의 역사이고, 또 이 책에는 계속해서 기원후 책 파괴의 역사가 숨 가쁘게 이어진다. 무릇 이런 반인륜적인 행위를 저지른 자들에게 저주 있으라.

　도서관의 존재는 책을 누군가 읽는다는 것을 전제로 한다. 도서관이 책의 무덤이 되어서는 안 되는 이유는, 읽지 않은 책은 존재하지 않는 것과 같기 때문이다. 읽는다는 것에 대한 재미있는 글을 읽은 적이 있다. 『읽는다는 것의 역사』가 바로 그 책이다. 이 책에는 단적으로 읽는다는 행위의 역사적 흐름을 세 가지 방식의 변혁으로 요약하고 있는데, 독서의 형태와 내용이란 측면에서 이 점을 살피고 있다(그런데 이는 모두 서구의 사례라는 점을 간과해서는 안 된다). 다음 내용은 이 점을 함축적으로 요약한 것이다.

　먼저 음독에서 묵독으로의 이행을 꼽을 수 있다. 음독의 성행은 두루마리 형태의 초기 책들을 읽기 위한 노력의 산물이었다. 소리 내어 읽으면 그 뜻도 분명해지는데 이 점과 아울러 책의 수량이 적었던 점도 이 시대에 음독이 성행한 이유다. 서기 2세기 이후 책자 형태로 책이 바뀌기 시작하면서 중세 유럽 수도원의 필경사들의 노력으로 묵독이 성행하게 되었는데, 이는 음독이 타인의 독서에 방해가 될 뿐 아니라 책이 점차 널리 보급되면서 독서가 개인적인 도락의 형태를 띠게 된 것에도 일부 원인이 있었다.

다음으로 독서는 집중형에서 분산형으로 발전되었다고 한다. 구텐베르크의 금속활자 혁명 이후 한두 권의 책을 집중적으로 읽던 형태에서 여러 권의 책을 다독하는 경향을 띠게 되었다. 그리고 오늘날처럼 인터넷 검색과 같은 검색형 독서로 책읽기의 역사가 진화해왔다는 것이다.

여기에서 본문을 검색하여 필요한 정보만을 보는 검색형 독서가 지닌 문제점을 한두 가지 지적하기 전에, 새로운 독서법이 도서관 혹은 서재에 미친 영향을 한번 살펴보자.

새로운 독서법은 현대사회에서 책의 사회적 역할과 존재에 영향을 미치고 있다. 아주 가까운 옛날과 비교해도 책의 구실이 변경되었는데, 책의 보관법만 조사해봐도 쉽게 확인할 수 있다. 전통적인 행동 규율에 따르면, 책은 특별한 장소(도서관)에 보관되거나, 개인적인 주거 내부에 있는 것이라면 특별한 가구—서가나 선반, 캐비닛 등—에 보관돼야 하는 것으로 생각했다. 그런데 오늘날 책은 집 안에서는 수많은 전자 정보, 교육 기기, 젊은이들의 생활 공간을 채우고 그들의 라이프 스타일을 특징짓는 기술적 또는 단지 상징적인 기기나 도구와 공존하고 있다. 그리고 이제는 유사한 경향을 도서관에서도 보이는데, 책 이외의 자료가 급격히 증가하는 점이 바로 그 증거이다.

함께 놓여 있는 것 가운데서 가장 싼 것이 책이다. 또한 써 넣을 수도 있고, 그림을 그려 넣을 수도 있고 밑줄을 칠 수도 있다는 의미에서 가장 취급하기 쉽고, 가장 망가지기 쉬운 것이 책이기도 하다. 책의 보관법은 사용법과 밀접한 관련이 있다. 책 사용법이 점점 더 일시적이고 창의적이고 자유로울수록, 보관도 결국 확실한 장소나 예측 가능한 배열과는 무관해질 것이다. 세간살이는 이동성이 강하고 극히 다양하며 변화무쌍한 배열이 가능한 물건인데, 책도 세간의 일부로 취급되어 다른 물건 사이에서 함께 보관되고 배치된다. 이제 책은 적당히 사용된 뒤에 가차 없이 내버리는 다른 세간과 운명을 같이하고 있다.

로제 샤르티에 · 굴리엘모 카발로 편, 『읽는다는 것의 역사』

책이 일상의 자리로 내려와도 한참은 더 내려온 사정은 검색형 책읽기의 문제와도 관련이 있다. 책은 내용과 체제로 구성되어 있다. 그리고 체제는 다시 겉으로 드러나는 체제, 장정, 지질, 규격 등과 활자에 내재된 내용의 일관성 등의 두 층위를 지니고 있다. 가령 책의 역사에 대한 다음과 같은 말을 한번 음미해보자.

물건과 그 역사에는 너무나 많은 것이 얽혀 있다. 우리는 우리 자신을 보존하기 위해서 지나치게 많은 감정과 희망을 보존하며, 미혹마저도 기꺼이 보존하려 든다. 책의 힘은 아주 강력하고도 미묘하다. 책은 그냥 물건이 아니다. 수많은 인생, 수많은 시간을 가로질러 우리에게 이야기를 걸어오는 목소리를 그 안에 담고 있기 때문이다. 책이라는 물건 그 자체로도 어느 정도 목소리를 내지만, 내용으로 더욱 강력하게 표출되는 목소리 말이다. 책은 다른 시대의 유물인 동시에 전성기의 매력을 영원히 유지하는 물건이기도 하다.

필립 블롬, 『수집』

책이 만일 물건이라면 본문 검색이란 책의 일부에 대한 검색임을 쉽게 알 수 있다. 그러나 책이 만일 정보라면 본문 검색은 책의 거의 모든 것에 대한 것이라고 할 수 있다. 물론 책에는 검색만큼 더 중요한 기능으로 '맥락'과 '논리'와 '구성' 등이 있지만 그것조차도 본문 검색의 확대로 커버할 수 있을 것임을 미뤄 짐작해볼 때 이 점에 대한 논증이 퍽 중요한 문제로 대두된다. 결론적으로 책은 현물이면서 정보다. 지식만으로 책을 평가할 수 없고, 또 물건의 의미로만 책을 바라볼 수가 없다. 그런 점에서 앞의 인용 글은 오늘날 출판계의 논의에도 시사하는 점이 퍽 크다.

책은 수집가들이 탐낼 만한 아름다운 외양과 형식을 지니고 있고, 또 그 정보는 참으로 유용하기까지 하다. 인류의 지식의 역사가 이 창구에서 뿜어져 나왔다. 책이 아니었다면, 문자가 아니었다면 어떻게 인류의 앎이 전해졌을지 나는 잘 알지 못한다. 물론

아직 읽지 않은 책들이 빼곡히 쌓인 서재를 바라보는 내 눈은 가야 할 길에 대한 설렘으로 숨이 막힐 듯하다.

어디 에로틱에 비길까, 나는 본능적으로 책과의 연애가 시작되었음을 안다.

구전이나 돌에 새겨진 그림 등 여러 형태가 있었을 것이다. 그러나 책이나 문자처럼 구체적인 다량의 정보를 제시하진 못했을 것이다. 그런데 이제 책은 새로운 상황을 맞고 있다. 무수한 책 정보가 단 한 번의 검색으로 내 것이 되는 시대가 도래한 것이다. 이제 문제는 이 정보를 어떻게 유용하게 사용할 것인가 하는 주제로 전환되어야 할 것이다. 이 문제가 바로 책의 사용이라는 점을 간과해선 안 된다.

　현대는 정전正典이 부재하는 시대다. 정전이 없다는 것은 물론 우리 삶이 그만큼 다기해지고, 분화되고, 복잡해졌다는 의미다. 그래서인지 이제 서서히 도서관의 존재조차 부정되는 것을 볼 수 있다. 인터넷이 지난날의 도서관 역할을 하고 있다. 그러나 나는 (인터넷) 검색이 아니라 (현실) 탐색을 하라고 권하고 싶다. 그렇다면 여전히 우리 삶 속에서 정전의 의미가 어느 정도는 필요하지 않을까 하는 생각도 한다.

　개인적인 이야기를 잠깐 하자면, 언젠가 다소 충동적으로 회사를 그만두고 책만 읽으면서 지낸 적이 있다. 짧은 기간이었지만 자연히 집에서 읽고 있기에 너무 머릿속이 복잡했으므로 집 근처의 도서관에 매일 나가게 되었다. 도서관에 앉아 있었더니 비로소 지난 몇 년간 잘 보이지 않던 글도 눈에 들어오고 또 내 자신의 문제도 뭔지 망외로 알 수 있게 되었다. 이처럼 도서관의 존재는 복잡한 의미를 지니고 있다. 비단 책만 볼 수 있는 공간이 아닌 것이다. 그리고 자연히 그곳에 가면 책을 보게 된다. 놀기 위해 도서관에 가는 사람은 없을 것이다. 따라서 인간은 어느 정도 환경의 지배를 받는 동물임을 절로 알게 되는 것이다.

시인 엔첸스베르거는 "독서는 무질서한 행위"임을 전제하고, 다음과 같이 말하고 있다.

독자는 항상 올바르며, 그가 어떤 것을 읽든 아무도 그가 좋아하는 텍스트를 읽을 자유를 빼앗을 수 없다. 이 자유는 또한 책장을 뒤에서 앞으로 넘기는 것, 몇몇 구절을 읽지 않고 뛰어넘는 것, 비위에 거슬리게 문장을 읽는 것, 그 문장을 왜곡하거나 수정하는 것, 문장을 장황하게 읽거나 있을 수 있는 각종 연상으로 윤색하는 것, 텍스트가 전하는 것과는 다른 결론을 끌어내는 것, 텍스트를 불쾌해 하거나 행복해 하는 것, 잊어버리거나 표정하는 것, 어떤 시점에서 책을 구석에 던져버리고 마는 것 등등을 포함한다.

『읽는다는 것의 역사』

책은 우리가 소유한 거의 모든 것이다. 따라서 책이 있는 도서관은 우리의 것이 되어야 마땅하다. 이 권리를 포기해서는 안 된다. 그런데 현실은 어떤가? 우리 생활 속 가까이 도서관이 없고, 그나마 있는 도서관에도 가보면 책이 없다. 이로써 우리가 참으로 도서관을 수호해야 할 이유가 어느 정도 명확해지지 않을까? 만일 우리 곁에 책이 꽂힌 도서관이 있다면, 그리고 그곳의 형태를 지금처럼 박제된 대로 둘 것이 아니라 어떤 식으로든 적극적으로 활용한다면 몸짱 얼짱과는 다른 문화가 생겨나지 않을까? 예컨대 건강 제일주의나 보신 제일주의, 배금사상, 포퓰리즘 같은 우리 시대의 병폐도 조금은 치유되지 않을까?

책을 만드는 사람은 여럿이다. 그 가운데 편집자라는 직종은 책과 떼려야 뗄 수 없는 인연으로 맺어져 있다. 제작과 편집이라는 측면에서 보면 책 또한 하나의 상품이고, 출판은 정보를 파는 산업이기도 하다. 그러나 편집자가 돈을 벌어 생계를 유지하는 수많은 직종 가운데 하나라고 해서, 여느 직업처럼 돈 버는 행위 그 자체가 출판 프로세스의 중심에 오는 것은 아니다. 책이라는 대상이 신묘해서 어떤 책들은 상업적인 물건으로 의도했으나 그 결과물이 상업적이지 않게 되기도 하고, 또 비상업적인 의도로 만든 것이 때로 상업적으로 되기도 하는 이적이 행해지는 데가 출판업이다.

흔히 책의 저자가 아닌 기획자를 편집자라고 한다. 편집자의 최대 미덕은 저자를 보완하고, 돕고, 저자를 성립시키는 것으로 알려져 있다. 그래서 대체로 편집자는 저자 뒤에 숨어 있다. 뒤에서 말할 생각이지만 그래서 불행히도 편집자는 대부분 잘 알려지지 않은 존재들이고, 또 편집자의 미덕 가운데 하나는 잘 알려지지 않는 위치에서 뭔가 작용할 때 생기는 듯하다.

그러나 편집자의 존재가 저자나 작가의 뒤에 있다고 해서 그 중요성이 감소하는 것은 아닌데, 책 사용자들의 매뉴얼을 누구보다도 잘 알고 있는 편집자가 책에 어떤 요소를 첨가한다는 점에 착안해보면 그렇다. 편집자가 책에 투여하는 어떤 요소는 책을 아주 신선하게도 하고, 또 크게 개악시키기도 하는 퍽 중요한 작용을 한다.

예컨대 엘리엇의 「황무지」를 오늘날과 같은 형태로 세련되게 만든 것은 에즈라 파운드라는 후견자이자 편집자의 '작용'이었다. 원문을 거의 반 이상 잘라내어 시에 세련성을 부여한 에즈라 파운드가 없었다면 아마 「황무지」는 범속한 시가 되었을 것이다. 따라서 책의 세계에 국한해서 살펴볼 때 어떻게 이런 편집자의 역할을 과소평가할 수 있을 것인가? 알거나 모르거나 편집자는 책에 이런 요소를 고려하고 중재하는 제2의 존재인 것이다.

우리는 편집자의 존재를 몰라도 책을 읽는 데 큰 지장을 받지 않는다. 그러나 가설이지만 알게 되면 사용자의 매뉴얼이 더 깊어지는 것이 아닐까. 적어도 나는 그렇다고 생각한다. 또한 최근 들어 작가와 편집자의 역할이 점차 새롭게 규정되고 있는데, 책의 기획자로서 편집자의 역할이 점차 늘어나는 사정과도 관련이 있다. 따라서 책을 기획하고 편집한 사람의 존재와 역할을 알면 알수록 책에 내포된 의미도 커진다고 하겠다.

그런데 아이러니컬하게도 편집자의 역할은 책의 이면에 잘 숨어 있거나 저자의 이면에 잘 숨어 있을 때 더 돋보인다. 여하튼 편집자는 책에 기생하는 존재다.

그러나 밀란 쿤데라의 책 제목을 빌릴 것도 없이, 생은 다른 곳에 있다. 즉 책 속에만 삶이 있는 것이 아니라는 말이다. 오히려 어떤 이들은 책 밖에 삶이 있다고 들려주는데, 그것만은 아니고 책 안팎에 다 삶이 있을 터이다. 적어도 편집자는 책 속에 있는 삶을 책임져줘야 하는 존재다. 그리고 동시에 책 밖에도 삶이 있음을 각성시켜야 한다. 책이 삶의 전부라고 할 수는 없지 않은가?

그런데 어떤 편집자는 책에 묻혀서 살다가 책에 묻혀 죽는다. 그의 삶은 책으로 대변되고 만다.

편집자의 삶은 출판사에 매여 있다. 출판사의 사정을 속속들이 들여다볼 여유가 없더라도 편집자들의 삶이 출판사에 매여 있는 사정을 짐작하기는 어렵지 않다. 편집자에게 출판사는 꿈을 낳는 공장인 것이다. 그런데 그 공장은 꿈만 낳는 것이 아니라 돈도 낳는다. 이런 사정은 앞에서 예시한 것과 같다. 그런데 전자에 치중

하는가, 후자에 치중하는가에 따라서 거칠게 보아 소규모 출판과
메이저 출판으로 나뉜다. 그리고 이런 사정은 간단치 않다.

왜냐하면 소규모 출판도 꾸려나가려면 잘 팔리는(물론 이것도
부수에 어떤 한계는 있는데) 책이 몇 권은 있어야 하고, 메이저 출
판사의 경우도 출판의 어떤 원칙, 철학(현실적으로 허영심으로 보
여질)을 보여줘야 생존하는 차원이 한순간 작용하기도 하기 때문
이다. 이런 규모의 문제, 출판관의 문제를 떠나 편집자의 정체성
을 논하기는 어렵다. 이 점을 대략 극적인 경우로 나눠서 각각 살
펴보면 다음과 같다. 메이저 출판과 소규모 출판의 순서다.

나는 랜덤하우스의 편집진이 오늘날 미국 내에서 최고 수준이
라고 생각한다. 우리는 정말 대단한 책들을 펴냈으며, 그것을 판
매할 수 있는 가장 뛰어난 영업자들을 두고 있다. (…)

랜덤하우스와 크노프와 판테온의 기간 도서목록을 합치면 정
말 대단한 책들이 많은 까닭에, 나는 향후 20년 동안 우리가 지금
껏 벌어온 것보다도 더 많은 돈을 벌 것이라 확신한다. 우리의 기
간 도서목록만 훑어봐도 마치 길에서 황금을 손쉽게 주워오는 것
같기 때문이다. 세상에 이런 일이 또 있을까!

베네트 서프, 『내멋대로 출판사 랜덤하우스』

랜덤하우스의 창립자이자 출판계의 신화적 인물 베네트 서프

의 이런 말을 들으면 한마디로 출판을 안 할 사람이 아무도 없을 듯하다. 물론 그가 출판사를 운영한 시대는 미국 내 출판사의 지형도가 제대로 자리를 잡지 않았을 무렵이었으므로 그만큼 기회도 많았고, 또 베네트 서프 자신의 표현대로 운도 많이 따랐다.

그런데 『내멋대로 출판사 랜덤하우스』를 보면 이렇게 순풍에 돛 단 듯 운영하던 회사 이야기가 후반부로 갈수록 점차 인수합병의 이야기로 바뀌어 있음을 알 수 있다. 규모의 게임을 하지 않으면 살아남을 수 없는 미 출판계의 속사정이 드러나는 듯해서 씁쓸하다. 그 자신은 RCA에 제대로 값을 받고 '제멋대로' 합병한 것을 자랑스럽게 말하곤 있지만.

이런 점을 제외하면 베네트 서프의 삶은 한마디로 '럭키' 한 삶이었다. 제임스 조이스의 『율리시즈』를 영어권에서 최초로(그것도 외설로 낙인찍힌 책을 떠들썩한 구설과 함께) 출간했고 유진 오닐, 거트루드 스타인, 윌리엄 포크너, 싱클레어 루이스, 트루먼 커포티, 제임스 미치너, 아인 랜드, 윌리엄 스타이런 등의 작품을 펴낸 베네트 서프는 그 자신의 칼럼도 타 출판사에서 펴내 베스트셀러로 만든 인물이다. 그런 그이니 소규모 출판이나 독립 출판이 가당키나 한 말이었겠는가?

그런데 소규모 출판이 메이저 출판과는 다른 진경을 보여준다는 지적을 입증하는 사례들은 많다. 특히 출판 선진국이라 할 일본의 1인 출판 또는 소출판은 그 주제의 선명도와 특유의 마니아

문화를 견인하면서 내용 면에서 대단한 성공 사례로 꼽을 만하다. 가령 버스 노선 하나만을 추적하여 책으로 내면서 마니아들을 불러 모은 어느 출판사의 사례 등(와타나베 미치코, 『일본의 소출판』 참조)은 우리 출판에 귀감이 될 만하다.

　같은 영어권이라도 영국의 사례는 또 다른 의미로 다가온다. 소규모 출판의 내용을 들여다본다.

　출판사는 매매와 제조로 이루어진 복잡한 회사다. 출판사에서 사고 파는 것은 상상력의 산물, 작품의 소재, 여러 가지 법적 권리이다. 출판사에서 만드는 상품은 매번 달라진다. 따라서 출판인은 회사의 복잡한 재정적 기술적 구조를 이해하고 통제할 수 있어야 한다. 협상에 능한 교섭자가 되어야 하고, 선심을 쓸 때와 짠돌이가 되어야 할 때를 본능적으로 판단할 줄 알아야 하며, 직원들로 북적대는 사무실을 효과적으로 관리될 수 있도록 감독할 줄 알아야 하고, 무엇보다도 상품을 온갖 형태로 판매할 수 있어야 한다. 그런데 나는 돈을 가지고 부릴 수 있는 재주가 쓰는 것밖에 없고, 사람들에게 이래라저래라 지시를 내리거나 책임이 따르는 자리는 딱 질색이며, 무엇보다도 남에게 뭘 파는 재주가 없었다. 멍청해서 그런 건 아니었다. 그런 일은 배울 수도 없었고 배우고 싶지도 않았을 따름이지, 나는 업계의 온갖 노하우가 얼마나 중요한지 알고 있었고 심지어 상당 부분 파악하고 있었다. 하지만 죄책감이 들기는 해도 '내가 정말 관심을 쏟을 수 있는 분야'는 작품 선정과 편집이었다. 작품 선정과 편집은 출판에서 아주 중요한 부분을 차지하지만, 나머지가 없으면 말짱 도루묵이다.

그러니까 나는 출판인이 아니라 편집자였다.

다이애나 애실, 『그대로 두기』

다이애나 애실은 자신의 기질적 특성을 들어 경영자가 아니라 편집자라고 말하고 있는데, 사실 편집자이면서 훌륭한 경영자가 되기는 말처럼 그렇게 쉽지가 않다. 오히려 경영자이면서 훌륭한 편집자가 될 확률이 높다. 좋은 경영 성과란 좋은 편집이 전제되는 것을 의미하던 출판계가 이제는 좋은 경영적 성과만을 바라 책을 출판하고 있는 것이 현실이니까.

다이내나 애실은 안드레 도이치 출판사에서 V.S. 나이폴, 진 리스, 브라이언 무어, 잭 케루악, 노먼 메일러, 존 업다이크, 필립 로스 등 전후 영미권의 비중 있는 작가들을 발굴하고, 그들의 작품을 편집했다. 문학이 일반 대중의 관심에서 멀어지면서 안드레 도이치 출판사도 사라졌지만 그녀의 이런 말은 음미해볼 필요가 있지 않을까?

출판계의 변화를 보면서 별로 슬퍼하지 않은 내 모습이 당연하게 느껴진다. 하지만 날마다 어리석고 잔인한 사건들이 난무하는 이 세상을 살 만하다고 생각하는 이유는 오히려 이해하기가 힘들다. 위에서 말한 소규모 출판사가 해답의 일부를 제시하는 것 아닐까?

『그대로 두기』

독립출판이 왜 중요한가 하는 점은 출판사를 다녀보면 자연 알게 된다. 어느 정도 자본을 축적한 이후에 좋은 책, 수요는 적어도 세상에 꼭 필요한 책을 만들겠다는 애초의 다짐이 지켜지는 것을 나는 본 적이 없다. 그렇다고 내가 극단적으로 소규모 출판만을 선호하는 것은 아니지만, 규모가 큰 출판사의 경우, 편집자의 개성이나 의도를 구현하기가 너무 어렵다는 것은 내 경험이 말해준다.

그러나 자본이 영세한 출판사라고 해서 다 독립출판도 아니고, 규모가 큰 출판사라고 해서 편집자의 역량을 발휘 못한다는 법칙도 없지만 대체로 어느 정도 규모의 잘 관리되는 출판사라야 이런 딜레마들을 제대로 헤쳐나간다는 것이 내 생각이다. 그런 점에서 다이애나 애실이 한 앞의 말들은 우리가 책을 펴내면서 편집자의 세계를 이해하기 위해 새겨들을 말이라고 생각한다.

편집자들은 책만 만드는 것이 아니다. 그 시대의 트렌드도 만들어간다. 무엇보다도 편집자가 고답적으로 책의 세계만을 편집한다는 믿음은 책 사용자가 취할 좋은 태도가 아니다. 편집자는 어떤 면에서는 영악하다. 전면에 나서지는 않지만 모든 것을 중재한다. 따라서 욕도 많이 먹는다. 이 세계는 개성이 강한 사람과 개성을 못 드러내서 한恨인 사람들이 만들어간다. 그만큼 노출증이 많은 사람들과 이를 다른 방식으로 소위 '튀게' 드러내는 사람들이 많다. 그러나 그들의 노출증이 책의 세계를 얼마나 매혹적으로 구축하는가? 그들이 이 세계에 역동성을 부여하고 이 세계를 만들어간다. 그들이 없다면 이 세계도 없다. 그것은 책 마니아의 경우라고 해서 다를 것이 없다.

물론 출판이 자선 사업이 아닌 한, 속되게 표현해 팔아야 먹고 살 수 있는 분야인 한, 팔리도록 최선을 다해 노력해야 할 필요(또는 의무)가 있다. 이는, 책이 지니는 어떤 의미에서는 본래적인 이중성, 그러니까 작품으로서의 책과 상품으로서의 책, 고유의 아우라를 지닌 유일무이의 의미로서의 책과 대량 생산된 오락 소비품으로서의 책이라는 이중성에서 비롯되는 해결난망의 문제라 하겠다. (…) 독서의 형이상학보다는 책의 제작론, 출판의 경

제학, 독서의 효용론이 득세하는 것이 요즘 추세라고 한다면, 외
로운 늑대들은 어쩔 수 없이 천연기념물 신세로만 겨우 명맥을
유지할 수 있을 것이다.

표정훈, 『책은 나름의 운명을 지닌다』

이런 외로운 늑대들을 위해 출판을 하는 사람들이 있다. 이들이
책의 세계를 풍요롭게 하고, 책의 세계를 비의적인 세계로 만든
다. 그러나 책 속에만 삶이 있는 것은 아닌데 너무 외곬으로 나가
서야 되겠는가?

책의 기능 가운데 가장 중요한 것은 책과 읽는 이를, 또 읽는 이와 저자를 서로 소통시키는 것이다. 이런 소통 혹은 대화 속에서 비로소 책은 작동한다. 에리히 프롬은 그의 저서 『사랑의 기술』에서 사랑이란 언제나 개인적인 감정이요, 그 누구와도 같이 나눌 수 없음을 극명하게 논급하였지만, 그리고 이에 착안이라도 한 듯 일본의 작가 오에 겐자부로는 소설 『개인적 체험』을 통해 개체에서 가족으로의 새로운 탄생을 감동적으로 그려냈지만, 책읽기의 과정은 대화의 과정이고, 또 이 대화 과정 속에서 어떤 체험적 깊이가 생성되는 듯하다.

그것은 쓰는 사람도 마찬가지다. 쓰는 사람으로서도 절박하게 소통하겠다는 의지가 없으면 어떤 체험적 깊이가 부여될 리가 없을 것이다.

"그러면 살 날이 일 년밖에 안 남았다면 뭐 할 겁니까?"

"죽으라고 글 쓸 거야. 내 안엔 책이 죽 들어 있거든. 그리고 난 내 안에 아직 그 책들이 두어 권 남아 있는 채로 죽고 싶진 않아."

"마지막 날엔 특별히 할 건 있습니까?"

"그럼," 난 대답한다.

"난 폭발물을 둘러메고는 가장 가까운 댐에 가서 들이받겠어. 그게 내가 조금이나마 강과 연어에게 해줄 수 있는 일이겠지."

데릭 젠슨, 『네 멋대로 써라』

다소 과장된 듯하지만 책은 대화의 수단이고, 표현 욕구는 인간의 원초적 욕망이다. 책이 영혼의 대화를 가져올 수 있다는 점에서 삶이 얼마 남지 않은 순간, 해볼 만한 몇 안 되는 작업으로 책 쓰기를 선택할 법도 하다.

앞의 인용에서 알 수 있듯이 우리는 많은 책거리를 안고 살고 있다. 그것을 실행하여 쓰는 것과 쓰지 않는 것은 그저 우연에 불과한 것일까? 대화에는 어떤 필연적인 요소가 작동하는 것 아닐까?

우리는 목적 지향적으로 생각하고 행동하는 것을 좋아한다. 우주가 의미 없이 움직인다는 것을 인정할 수 없다. 아니면 중국 철학자 노자의 말처럼 "하늘은 인간을 지푸라기로 만든 강아지처럼 여기는" 것일까? 노자 시대에 사람들은 불행을 막는답시고 볏짚으로 강아지를 만들어 제단에 세워놓았다. 의식이 끝나면 볏짚 강아지들은 거리에 던져져서 행인들에게 밟히는 신세가 되었다.

슈테판 클라인, 『우연의 법칙』

우연을 용인해도 필연은 있는 법이다. 어떤 작가의 책을 읽으면 어느 날은 우주가 바뀌는 듯한 느낌이 들곤 하는데, 이런 것이야말로 우연이라고 보기에는 무리가 따른다. 그러니 책이 내게 대화를 걸어왔다고 생각할밖에.

내게는 그런 작가로 J. M. 쿳시를 들 수 있다. 쿳시가 걸어오는 대화는 매번 내게 깊은 감명을 불러일으킨다. 그의 작품 세계는 융숭하면서도 현실적이다. 그가 대부분 남아공의 정치적 상황에서 비롯한 어떤 모티브를 작품화하고 있지만(거칠게 말해서), 그리고 그 소재들은 극히 구체적이고 또 다루는 방식도 마치 송곳으로 찌르는 것처럼, 마치 외과의사가 수술을 하듯이 섬뜩하지만 내가 감명을 받는 건 (다소 진부한 표현을 빌리면) 그의 소설은 보편성을 획득하고 있기 때문이다.

그런데 이때의 보편성은 인류 누구나 염원하는 소통, 바로 대화에서 기인한다. 이런 대화 가운데 하나가 바로 문학 작품에서는 텍스트와 텍스트의 대화, 소위 상호텍스트성이란 말로 요약되는데 쿳시의 소설은 이 점에서 많은 단서들을 남기고 있다.

쿳시의 소설들이 유사한 예를 찾기 힘들 만큼 언제나 상호텍스트적인 이유는 남아프리카의 역사적, 정치적 상황을 외면하지 않으면서도 "느낌과 관념의 살아 있는 유희가 가능한 세계에 자리를" 잡고 싶은 작가적 염원 때문이다. 따라서 쿳시의 소설의 상호텍스트성은 식민주의와 탈식민주의 담론과 불가분의 것이다. 이러한 상호텍스트성은 깊숙이 침투되어 포착하기 어려운 경우도 더러 있지만, 제목이나 주인공의 이름만 유심히 봐도 알 수 있는 만큼 가시적인 형태의 경우가 더 많다. 『마이클 K』의 주인공 이름은 카프카의 『심판』에 나오는 주인공 이름과 성이 같으며, 『야만인을 기다리며』는 카바피의 시 「야만인을 기다리며」에서 제목을 통째로 빌려 쓰고 있고 베케트의 『고도를 기다리며』와는 제목을 일부를 공유하고 있다. 또한 『포』는 『로빈슨 크루소』를 쓴 드 포우의 이름을 변형시켜 제목으로 쓰고 있으며, 『페테르부르크의 대가』에 나오는 중심 인물인 '대가'는 다름 아닌 도스토예프스키이며, 소설 속에는 『악령』의 스타브로긴이 '대가'와 함께 등장한다. 그리고 『나라의 심장부에서』는 콘라드의 『어둠의 심장』과 제목의 일부를 공유하고 있으며, 정신분열증에 걸린 식민주의자 마그다는 커츠 혹은 말로우와 일맥상통하는 바가 없지 않다. 또한 『추락』의 내러티브는 시종일관, 바이런의 삶과 작품이 다채롭게 변주되는 가운데 전개된다.

왕은철, 『J. M. 쿳시의 대화적 소설』

나는 매번 그의 소설을 읽으면 인류의 아주 많은 스승들과 대화하는 느낌이 드는데 이 인용으로 그런 점이 간접 증명된 셈이다. 잘 알려진 것처럼 그의 소설 가운데 대표작이라 할 만한 것은 『야만인을 기다리며』(1980)다. 여기에 나오는 주인공인 치안판사는 제국의 식민지 건설에 첨병 역할을 하던 인물인데 어느 날 야만인 여자를 만나면서 돈키호테 같은 반역 행위를 하여 나락에 빠지게 된다. 그의 추락은 바로 소설 『추락』(1999)의 주인공인 어느 교수의 행보를 연상케 한다. 『추락』에서 주인공은 학생과의 스캔들로 급전직하 추락을 거듭하게 되는데 두 사람 공히 성적인 모티브에서 비롯한 일탈이 인생관 전체의 변화로 연결된다는 점에서 이 두 소설은 동전의 양면과 같은 관계를 갖는다. 두 소설을 직접 대비해보자.

나는 그녀의 얼굴을 똑똑히 쳐다보고, 내 마음의 움직임을 들여다보며, 그녀가 누구인지 이해해보려고 노력한다. 이제는 그것도 정말 마지막이다. 나는 이제부터는 의심스러운 욕망에 따라 기억의 목록에서 그녀를 끄집어내 상상하는 것만으로 만족해야 할 것이다. 나는 그녀의 볼을 만지고 그녀의 손을 잡는다. 나는 이 아침, 이 황량한 언덕 위에서, 밤이면 밤마다 나를 그녀의 몸으로 끌고 마비 상태로 몰고 갔던 에로티즘의 흔적을 나 자신에게서 찾아낼 수 없다. 아니, 여행을 하면서 느꼈던 동료애의 흔적마저 찾아낼 수 없다. 공허함만이 있을 뿐이다. 내가 잡은 손에 힘을 더 주어도, 그녀에게서는 아무런 반응이 없다. 나는 그녀의 본래 모습을 너무나 선명하게 바라볼 수 있을 뿐이다.

J. M. 쿳시, 『야만인을 기다리며』

그는 학원 정원에서 그 일을 시작했을 때, 쉽게 시작해서 쉽게 끝나는 간단한 연애로 생각했다. 그런데 지금 그녀는 복잡한 상황을 안고, 그의 집에 와 있다. 그녀는 무슨 게임을 하고 있는 걸까? 그가 조심해야 한다는 것은 의심할 여지가 없다. 하지만 그는 처음부터 조심했어야 한다.

그는 그녀 옆에 눕는다. 멜라니 아이삭스와 같은 집에서 산다는 것은 원치 않는 일이다. 그러나 이 순간, 그는 도취되어 있다. 그녀는 매일 밤 여기에 있을 것이다. 그는 매일 밤, 이렇게 그녀의 침대 속에서 그녀에게 들어갈 수 있다. 언제나 그렇듯, 사람들은 그 일을 알아차릴 것이다. 그리고 수군거릴 것이고 스캔들이 생길 수도 있다. 하지만 그런 게 무슨 의미일까? 꺼지기 전에 마지막으로 감각의 불길을 사르는 것.

J. M. 쿳시, 『추락』

사랑의 끝과 시작을 보여주는 이 소설들은 마치 한 편의 작품처럼 읽힌다. 이런 예는 무수히 많아서 일일이 다 열거할 필요가 없지만 가령 『엘리자베스 코스텔로』에 나타나 있는 육식에 대한 거부는 『추락』 후반부의 동물 안락사 장면과 마치 질문에 대한 대답처럼 잘 들어맞는다.

앞의 인용에서 명징하게 드러나듯 쿳시는 진지한 물음을 언제나 한 번만 던지고 마는 법이 없다. 그것은 아이에 대한 어머니의 사랑이 어떤 순간에도 끝나는 법이 없듯이, 지고지순한 무엇을 연상시킨다.

이타적인 인간이라는 때로 허위의식이 개입할 수도 있는 세부적인 문제들 앞에서 그의 문학은 인간의 나약한 의지를 비웃기도 하고, 그럼에도 불구하고 엄혹한 고문으로도 굴복시킬 수 없는 인간의 고귀한 무엇을 지향해 보인다. 때로 그의 소설을 읽는 것은 고통이지만 그 고통에는 보상이 뒤따르고, 그 보상 가운데 가장 큰 것은 문학에의, 책에의 매혹 그 자체라고 할 수 있다.

책 속에서 글을 쓴 사람의 진수를 발견하려는 또 다른 사람은 겸허해야 한다. 그리고 조금은 현명해야 한다.

겸허함과 현명함은 책의 사용을 제대로 가능케 하는 동전의 양면과 같다.

책과 나누는 대화는 통상적인 대화를 의미하는 것이 아니라 영혼의 대화, 심중에 있는 것들끼리의 대화를 의미한다. 책이 의미 있다면 그것은 이런 대화를 아주 낮은 자리에서 아주 간절히 교통하게 해준다는 데 있다. 쿳시의 소설들은 그런 좋은 예다.

쿳시의 소설들이 독자들에게 말을 걸어오는 내용은 다양하면서도 깊다. 가령 『야만인을 기다리며』와 『철의 시대』에서는 왜 사람들은 자신이 핍박받을 것을 알면서도 진실 추구의 뜻을 굽히지 않는가 하는 점을, 『추락』『페테르부르크의 대가』 등에서는 더 큰 고통과 상처를 앞에 두고서도 사람들은 왜 작은 쾌락의 추구라는 인간의 굴레를 벗어나지 못하는가 하는 점을 다룬다. 이런 주제들은 인류라면 누구나 피해 가기 어려운 주제들이고, 그만큼 그 감정의 진폭은 크다.

올해 노벨문학상을 받은 작가의 소설이라길래 집어든 존 쿳시의 『야만인을 기다리며』를 다 읽고 보니, 밑줄을 치거나 표시를 남겨놓은 곳이 너무 많았다. 책읽기를 직업으로 삼고 있지만 이런 경험은 흔치 않았다. (…) 이리저리 표시해놓은 부분을 읽다 보니, 소설에서 기대함직한 내용도 있었지만, 이른바 인문서에서 나올 만한 구절도 눈에 띄었다. 이것은 이 작품의 주제가 상당히

도전적이고 논쟁적이며 지적이라는 의미로 해석해야 한다.

이권우, 『책과 더불어 배우며 살아가다』

쿳시의 소설들은 대화를 하듯, 상대의 말을 집중해서 듣는 가운데 깊이 있는 대화를 나누듯 천천히 음미하면서 읽어야 한다. 느림의 책읽기는 그러나 뒤진 보행이 아니다. 우리는 책을 읽으면서 사람을 읽어낼 수 있는데, 이것은 느린 속도의 책읽기 속에서만 가능하다. 이 점을 잊어서는 안 된다.

책과 대화하기 위해서는 책과 책을 소중하게 생각하는 겸허한 마음가짐만 있으면 된다. 책 속에서 글을 쓴 사람의 진수를 발견하려는 또 다른 사람은 겸허해야 한다. 그리고 조금은 현명해야 한다. 단도직입적으로 말한다면 책읽기는 극히 이기적인 행위이기 때문이다. 겸허함과 현명함은 책의 사용을 제대로 가능케 하는 동전의 양면과 같다.

쿳시의 소설들이 윤리적인 측면에서 큰 감명을 준 것은 남에게 가르치려는 태도 때문이 아니라 그것들을 서사라는 바다 속에 잘 녹여놓았다는 점에 있다. 그의 소설들은 장편이면서도 분량이 짧아, 큰 집중력을 들이지 않고도 한자리에서 모두 읽을 수 있다.

그럼에도 그의 책들은 매번 읽는 이와 글쓴 이 사이에 깊은 영혼의 교감으로서, 독서, 책의 기능을 십분 느끼게 한다. 책을 읽는 사람은 언제나 책이 아니면 안 되는 깊은 대화를 희구하게 되는데 그런 점에서 쿳시의 소설들, 그리고 그의 전언들은 책이 아니면 만날 수 없는 어떤 영혼의 울림을 이 순간에도 안겨준다.

책이 병을 낫게 한다. 나는 주위에서 이런 경험을 한 사람들을 몇 보았다. 어느 직장인은 극도로 스트레스를 받은 나머지 안 아픈 곳이 없을 정도였다고 한다. 그러다 대도시를 떠나 지방에 정착하고 긴 시간 열차를 타고 다니면서 '노자'를 읽기 시작했는데, 신통하게도 그 많은 병들이 말끔히 나았다고 한다. 맑은 공기와 성큼 가까워진 대자연도 분명 큰 영향을 미쳤을 테지만, 나는 그가 절박한 심정으로 읽은 '노자'가 마음에서 싹튼 병을 낫게 한 것이라고 믿는다. 그 자신 또한 이렇게 믿고 있다.

그런데 이렇게 직접적으로 질병에 영향을 미치는 책읽기도 분명 있지만 자신의 질병이 어디에서 기인하는 것인지를 알게 함으로써 병을 낫게 하는 경우도 많은 것 같다. 뉴욕 출신의 소설가 줌파 라히리의 소설 제목을 빌리면 책이 '질병의 통역사'가 되어 병을 낫게 한 것이다.

병에 대한 각성이 없으면 병도 없다. 병을 알게 되면 치유도 그만큼 쉬워진다. 아니, 절반은 병이 나은 것이다.

글쓰기를 제한하는 잘못된 믿음 가운데 하나는 이렇다. 즉 글쓰기에 몰두하거나 글을 쓰겠다는 열망을 갖기 위해서는 먼저 명백한 목표를 가져야 한다는 것이다. 아마도 책을 펴내서 이름을 날리는 것을 가장 바람직한 목표로 여기는 사람이 많을 것이다. 그저 재미로, 혹은 친구나 가족을 위해 아니면 자기 자신을 위해 글을 쓰는 것은 다른 목표에 비해 상대적으로 하찮아 보일지 모른다. 편지를 쓴다거나 자녀에게 들려줄 이야기를 쓰는 것은, 책으로 펴내는 글쓰기의 권위에 견줄 수가 없는 것으로 보이기 쉽다.

자기 표현이나 즐거움을 위한 글쓰기는 자기 탐닉이나 쾌락 추구의 글쓰기로 치부하기 쉽다. 그런 글쓰기는 사회적 가치가 없다고 비평가들은 말한다. 그러나 여러분은 세상에 나오지 않는 '벽장 작가' 로서 묵묵히 내면세계 여행을 탐닉할 수 있다. 혹은 심리 치료를 받으며 일기를 쓸 수도 있고, 대학에서 논문, 날마다의 기도문, 사업 메모, 혹은 편지글을 쓸 수도 있다. 그런데 시간을 보내기 위해서 혹은 취미로 글을 쓴다고 하면 어쩐지 부정적

으로 들린다. 그건 자기 중심적인 행위이고, 시간 낭비라고 생각
할 사람이 허다할 것이다.

로버타 진 브라이언트, 『누구나 글을 잘 쓸 수 있다』

책읽기가 그렇듯이, 글쓰기는 결코 시간 낭비가 아니다. 그렇기
는커녕 인간을 구원하고 치유하는 행위다. 책읽기가 인간의 삶을
구원하지 못하고, 책이 낭비된다면 내가 보기에 그것보다 무의미
한 것은 없다. 책은 인간을 치유한다. 쓰는 행위를 통해, 읽는 행
위를 통해.

저 먼 옛날의 철학자 에피쿠로스는 "쓸데없는 말은 인간의 고
통을 조금도 치료하지 못하는 철학자를 두고 하는 말이다. 몸의
병을 물리치지 못하는 의술이 아무 소용 없듯이 마음의 고통을
물리치지 못하는 철학 또한 아무 소용 없다"라고 했다. 나는 책도
그렇다고 생각한다. 책은 사색과 영혼의 위무라는 방식으로 삶을
새롭게 보게 만든다. 마치 여행을 떠나는 것과 같은 효과를 느끼
게 하는 것이 책읽기다. 책읽기는 우리를 어둠과 삶의 근원적인
문제들로부터 구원의 길을 보여준다. 조금씩 흐릿하게, 그래서
현시에서 보는 것과는 또 다른 방식으로.

한 아이가 있었다.
모처럼 용돈을 받은 아이는 밤새 그 돈을 꼭 쥔 채 잠을 설친다.

어서 날이 밝았으면…… 마침내 아침이 왔다. 아이는 밥을 먹는 둥 마는 둥 하고 달려나간다. 골목을 빠져나가 큰길로 달려나간다. 골목을 빠져나가 큰길로 접어들면 저만큼 모퉁이에 '책'이라고 쓴 입간판이 보인다. 아이의 가슴은 콩콩 뛴다. 가게 앞에서 저도 모르게 멈칫했던 아이는 숨을 크게 한번 고르고 나서야 미닫이 유리문을 드르륵 연다. 아이의 코에 확 끼쳐오는 냄새, 책의 냄새, 아찔하다. 아이는 다시 한 번 숨을 고르며 몇 번이고 보아 두었던 서가 쪽으로 다가간다. 까치발을 하고 높은 데까지 가까스로 손을 뻗는다. 그 순간, 아이의 눈동자가 확 커진다. 벼르고 별렀던 책 좌우로 보이는 더 화려한 책들! 아이는 금세 울상이 되고 만다. 주머니에 손을 넣고 꼼지락꼼지락 헤아려본다. 당연히, 어림없다. 아이는 두 눈을 질끈 감는다. 그런 다음 과감하게 책을 뺀다. 셈을 치르고, 아이는 다시 달려나온다. 집으로 오는 길, 아이의 작은 가슴속에는 조금 전 느꼈던 망설임 따위는 없다. 책을 가슴에 꼭 품고 그저 달릴 뿐이다. 아이의 가슴은 이미 책을 읽고 있다. 한 장 한 장, 너무 꽉 잡으면 종이가 바스라질까 봐 아이는 조심조심 책장을 넘긴다. 아아, 버들개지처럼 여린 손가락 끝에 닿는 그 무엇…….

김남일, 『册』

책이 주는 실감, 책을 바라는 마음을 이렇게 간절하게 표현하기

가 쉽지 않을 터인데, 소설가답게 디테일도 생생하게 잘도 표현
해주었다. 당연히 앞 인용에서 가장 중요한 구절은 마지막 문장
의 '버들개지처럼 여린 손가락 끝에 닿는 그 무엇'이 될 것이다.
그렇다면 그 '무엇'은 무엇일까? 손으로 만져지는 것은 물론 종
이이고 엄밀하게 말하면 책일 것이다. 그러나 책이라고 하는 실
제적인 대상이 그 물음의 답, 전부일까? 나는 아니라고 생각한다.
그것은 아마 삶의 향기가 아닐까? 살아가는 데 유용한 것, 즉 우
리가 살아가면서 불가피하게 만들어가는 상흔들의 치유를 가능
케 하는 것. 삶의 방어기제가 되는 것.

책이 수행하는 가장 중요한 기능들 가운데 하나인 이것은 그러
나 그 작용 방식이 간단치는 않다. 우선 책이 주는 지식(정보)은
그것 자체로 의미가 있는 것이 아니라 제대로 활용될 때 의미가
있다. 물론 그 전에 그 지식이 자신에게 충격해오는 것이 있어야
한다. 그것은 정서적인 반응이라 할 수 있다. 최근 나는 이런 재
미있는 예화를 『고통에게 따지다』란 유머러스한 제목의 책에서
보았는데, 좀 길지만 예를 들어보면 다음과 같다.

저자는 '고통'은 노래방에서 위로받을 수 없다고 하면서, 다음
①에서와 같이 고통을 표현한 노래에서는 다소 위로를 받을 수 있
겠지만 ②에서처럼 고통을 표현한 노래에서는 듣기 거북할 것이
라고 말했다. 그 차이를 한번 주목해보자.

①

눈이 내리네 당신이 가버린 지금

눈이 내리네 외로워지는 내 마음

꿈에 그리던 따뜻한 미소가

흰 눈 속에 가려져 보이지 않네.

하얀 눈을 맞으며 걸어가는 그 모습

애처로이 불러도 하얀 눈만 내리네.

②

눈이 내리네. 회사 문을 나서는 지금

눈이 내리네. 수심에 찬 내 마음

아내와 아이들, 그 해맑은 웃음

흰 눈 속에 차갑게 덮여져 가네.

안정되고 여유롭던 지난 시간들

안타깝게 잡으려 해도 멀어져만 가네.

유호종, 『고통에게 따지다』

이런 가사로 노래를 부를 때 어느 쪽에 더 몰입하게 되고, 반응하게 되고, 또 위무받게 되는지는 명확하다. 노랫말조차 그런데 글읽기는 어떻겠는가? 글은 읽는 사람에게 반응하고 또 작용함으로써 그 사람이 치유에 다가가게 한다. 책은 의사다. 왜 그런 작용이 일어나는 것인가? 책은 우리 감정에 반응하고 뇌에 반응하고 몸에 반응하기 때문이다.

원래는 종교적인 용어지만 요즘 곧잘 일상적으로 쓰이는 말 가운데 그노시스gnosis, 영지靈智란 것이 있다. 이는 그리스어로 '지식'을 의미한다. 지식이란 요즘 유행하는 말로는 정보를 뜻하는데 책의 공간에서는 책을 통해 자신이 모르고 있던 내용을 '아는 것'이라고 요약할 수 있겠다. 정보는 우리가 살아가는 데 핵심적인 지식이다. 이 정보의 보고라고 할 수 있는 뇌는 정보를 받아들여서 우리 삶의 공간을 재편성한다.

자신의 머릿속을 그 정도까지 이해하는 데 수십억 원짜리 영상 장치가 필요한 것은 아니다. 단지 뇌의 구성 요소들과 전형적인 활동 양상에 관해 좀 배우기만 하면 된다. 이 구성 요소들과 분화된 뇌 영역들일 수도 있고, 세로토닌 같은 화학물질일 수도 있다.

여러분이 느끼는 특정한 기분은 예외 없이 신경화학물질의 분비와 뇌의 특정 영역이 예상할 수 있는 활동의 결과, 그 둘의 혼합물일 것이다.

뇌의 구성 요소들을 찾아내는 법을 배우다 보면, 자신의 머릿속에서 실제로 얼마나 많은 다중 작업이 진행되는지 깨닫기 시작한다. 여러분은 자신이 느끼는 감정이 단지 그 순간에 일어나는 세계에 대한 반응이 아니라, 나름대로 독특한 삶을 살아가는 약물과 더 비슷하다는 것을 알아차린다. 우리는 '이성적인' 나와 '감성적인' 나라고 말하곤 하는데, 둘이 늘 공조를 이루는 것은 아니다. 뇌과학은 뇌의 특정 영역들을 지도에 담음으로써, 인격의 이런 두 측면을 점점 더 정확히 묘사해왔다. 현재 우리는 '이성적인'과 '감성적인'이라는 말 대신에, '새겉질적인'과 '변연계적인'이라는 말을 쓴다.

스티븐 존슨, 『굿바이 프로이트』

책을 읽는 것은 결국 인간의 뇌일 것이다. 그리고 책을 읽는 행위는 매번 같아도 결국 그 주체가 늘 다르게 책을 읽는다고 보아야 할 것이다. 즉 책에 대한 반응은 제각각이라는 말이다. 나는 우리의 정서적인 반응이, 또 겉으로 드러나는 결과가 뇌의 어떤 작용에 의한 것인지 알지 못한다. 그러나 뇌에서 반응을 일으켜 드러나는 결과를 볼 때 적어도 책이 주는 효과를 유추해볼 수는 있다. 아마도 복잡한 메커니즘을 통해 우리의 반응이 결정될 텐데, 책이 주는 치유의 과정 또한 만만치 않아서 우리는 스트레스를 해소하기도 하고, 또 희망을 아주 조금이라도 갖게 되는 것 같다.

책이 희망을 준다고 했을 때 그것의 뜻을 쉽게 정의할 수 없다. 현실과 거리를 취할 수 있게 돕기도 하고, 현실을 객관적으로 보게도 하고, 또 현실에서 도피하게도 한다. 어쩌면 환각제의 효과보다도 책이 주는 위무가 더 클 수도 있다. 그 반면 환각제와 같은 중독의 고통이 뒤따르기도 한다. 물론 이때의 중독은 환각제와 다른 결과를 빚을 것이다.

책이 우리 영혼에 작동하여 위무한다는 말은, 이제는 죽은 수사에 불과한 것은 아닐까 하는 생각도 든다. 많은 사람들이 책에서 위안을 구하는 것을 어리석은 일로 간주하고, 시간에 비해 효과가 적은 것으로 간주하기 때문에 그렇다. 그러나 책의 세계가 비록 강철처럼 질기거나 시멘트처럼 견고하지 않다고 해서 유약하다고 보는 것도 잘못이다. 책은 인류의 오랜 진화의 산물이고, 아직도 생생하게 우리 곁에서 작동하고 있다. 책에서 위안을 구하지 않는 것은 개개인의 자유지만, 책의 중요한 기능의 하나가 치유인 것만은 명확해 보인다. 이것은 체험적 진실이다.

현실의 두터운 벽을 느낄 때마다 나는 책을 펴든다. 현실 도피? 아마 그런 점도 조금은 있을 것이다. 그러나 하고많은 현실 도피 방법 중에 왜 하필 독서일까? 치유 능력을 지닌 독서는 다른 현실 도피법보다 더 쉽고 또 현실 복귀도 빠르다는 데 그 이유가 있다.

사람은 저마다 성격이 다르고, 또 스트레스라고 하는 현대인의 신종 고통에 대한 치유법도 저마다 다를 것이다. 극단적으로 고통을 즐기는 사람도 있다고 하니 무슨 말을 더하랴. 그러나 누구나 스트레스 해소법이 하나쯤은 더 있어야 한다면 그 유력한 대안으로 독서를 꼽아서 안 될 이유도 없을 것이다.

책읽기는 오락이다. 이런 말을 하면 다소 의아하게 생각할 사람들이 많을 정도로 오락으로서의 책읽기는 최근 위세가 많이 약해졌다. 〈아바타〉 같은 3D 영화가 우리 눈앞에서 상영된 후 아마 이런 생각은 좀 더 강화되었으리라. 그러나 책읽기가 오락이 아니라면 오직 의무로서의 책읽기, 또는 정보 습득의 장으로서의 책읽기만 남을 터인데 나는 이 점에 대해 단호히 배격한다는 말을 하고 싶다.

책읽기가 오락이란 데 다소 거부반응을 느끼시는 분이라면 책읽기는 도락道樂이란 말을 한번 해보면 어떨까 한다. 오락이란 말보다는 다소 진중한 느낌을 주면서, 어떤 일을 한다는 느낌도 줄 수 있으니까 말이다. 그러나 나는 다시 오락이란 말에 거부반응을 느끼지 않는 분들을 위해서는 그냥 책읽기는 오락이라는 애초의 표현을 고수하고 싶다.

영화 〈다빈치 코드〉의 작품성과 오락성을 둘러싼 논란이 많았지만 나는 그 가운데 재미난 현상을 발견했다. 먼저 원작자 댄 브라운이 쓴 책을 보고 영화를 본 사람들은 대부분 실망했다는 말을 들려줬다는 점과, 영화를 재미있게 본 사람들 가운데 책까지 찾아 읽는 성의를 보인 이들이 많아 책 판매량이 영화 개봉 후 급속히 늘었다는 점이 그것이다. 우리나라에서만 몇백만 부나 팔린 책이 몇 년 후 영화가 나와 다시 베스트셀러가 되는 현상을 보면서 영화와 책의 상호 관련성을 다시 한 번 생각해보게 되었다.

영화의 특성과 책의 특성이 다르고 원작 없이 영화가 나오는 경우도 많지만, 영화 대본도 책이라고 부르는 등 영화와 책은 불가분의 관계에 있다. 뭐 이런 말을 하면 영화가 더 재미있는가 책이 더 나은가 하는 식으로 담론이 흘러갈 것 같은데 앞서의 경우처럼 책과 영화는 서로 보완하는 측면이 강하다. 영화를 위해 잘 팔리는 소설을 구하는 경우도 있지만, 영화화된 후 책이 더 잘 팔리는 경우도 많으니까 말이다.

『다빈치 코드』와 관련해서 말하면 이미 책의 우위가 조금은 설명된 것 아닌가 하는 느낌이다. 종교적인 논란에 대해서는 왈가왈부할 능력도, 그럴 생각도 없지만 재미라는 측면에서 보면 영화는 원작의 재미를 못 따라간다. 이것은 내 개인적인 생각이 아니라 대부분 소설을 먼저 읽은 경우, 이런 말을 독자들이 들려주고 있으니까. 많은 사람들이 실망했다고 말한다.

그 이유는 뭘까? 독자는 소설 읽기를 통해 상상한 내용을 머릿속에서 영상화한다. 소설 작품의 경우 내용을 한두 표현이나 한두 단락으로 갈무리하는 경우보다 머릿속 영상과 이야기로 갈무리하는 경우가 많다. 예컨대 주인공이 등장하는 광경이라든가 클라이맥스의 전경 같은 것이 소설을 보고 난 후 오래 남는 것이 다반사다. 이 점은 소설이 영화와도 서로 경쟁이 되는 요소라고까지 말할 수 있다. 특히 『다빈치 코드』처럼 현실 공간이 배경인 소설은 독자들이 읽는 사이사이 그 공간을 떠올리고 추체험하면서 전개에 몰입한다. 물론 영화는 연출자의 솜씨에 따라 그 성과물이 달라지기는 하겠지만 그것은 작가 역량의 차이와도 관련이 있으니 일단 괄호로 묶고, 소설은 그 자체로 거대한 블록버스터도 될 수 있다. 이때 개인의 상상력의 편차가 문제로 대두되기는 하지만.

책읽기의 중요한 기능 중 하나는 오락이고, 책읽기는 오락의 측면에서도 아주 우수한 매체다.

이때 재미는 맹목적인 재미와는 그 차원을 달리한다. 책읽기의 재미는 극단적인 경우 지루한 상태에서 찾아지기도 한다. 그리고 때론 몰입한 가운데 찾아지기도 한다. 재미라는 것은 어쩌면 본능적인 것인지 모른다. 그리고 재미를 찾는 인간의 욕망 역시 그러하다.

『스티븐 킹 단편집—스켈레톤 크루』에서 「토드 부인의 지름길」을 통해 책의 재미에 대해 알아보자. 지금까지 이 책을 안 읽은 사람과 앞으로도 안 읽을 사람을 위해 먼저 이 단편의 간단한 줄거리를 요약한다.

이 소설의 주요 등장인물은 모두 세 명이다. 화자인 데이비드와 같은 지역에 살고 있는 별장지기 호머, 그리고 호머가 돌보는 별장의 여주인 오필리아 토드가 바로 그들이다. 호머가 데이비드에게 들려주는 오필리아 토드의 기이한 행동이 소설의 주된 모티브를 이루고 있다.

오필리아 토드는 '거리를 줄이면 시간도 주는' 법이라는 아버지의 말을 맹신하여 최단 거리, 즉 지름길을 찾아 차를 질주하는 데 맹목적인 집착을 보인다. 아름답고, 남을 돕는 따뜻한 성격의 그녀가 왜 속도와 지름길에 집착하는지는 선명치 않다. 이 점에 대해 그녀는 "난 살면서 한 번도 안 된다는 생각을 해본 적이 없어요. 왜냐고요? 길이 저기 있는걸요. 길이 저기 있는데요?"라고 말한다. 시간과 거리를 좁힐 수 있다면 아무리 험한 길도 마다 않고 수동 메르세데스 벤츠를 몰고 다니는 그녀는 자신의 아름다운 모습에 반한 호머와 영혼의 교감을 나누게 된다. 두 사람은 별장이 있는 지역에서 다른 지역으로 최단 거리를 찾아 질주하면서 사랑에 빠진다. 그런데 호머의 시점에서 이야기가 진행되므로 오필리아의 속내는 잘 알 수가 없다. 이 소설의 작은 속임수는 바로 이 지점에서 발생한다. 어느 날 오필리아는 가족을 두고 실종되고, 그때 이후 호머는 마치 '다음번에 일어날 사건'을 기다리는 사람 같은 얼굴을 하고 날마다 뭔가를 기다린다.

이 소설은 거대한, 기다림에 대한 이야기다. 결국 오필리아는 다시 호머에게 연락을 하고, 그녀는 그와 함께 살기 위해 떠난다. 별반 복잡할 것도 없는 이야기지만 이 소설은 '읽는다는 행위'가 주는 여러 층위의 재미를 내재하고 있다.

「토드 부인의 지름길」이 기다림의 이야기라고 했는데 이 점을 살펴보자. 호머는 늘 불안한 모습을 한 채 자신 앞에 드리울 어떤 운명의 현현을 기다린다. 아내가 비참하게 죽고 난 후 그의 기다림은 본격화된다. 그런 그 앞에 실종된 오필리아가 연락해온다. 그에 반해 데이비드는 그런 기다림이 주는 영혼의 불안을 못 견디는 성격이다. 그는 현실에 정주한 인물로, 소설의 결말에서 오필리아 토드를 만나고 싶다는 생각을 하면서도 기실은 담배 한 개비를 절실하게 피우고 싶다는 생각을 한다. 그는 기다림에 관한 한 '최후'나 기다릴까, 허황된 꿈의 어떤 것도 바라지 않는 현실주의자의 모습을 보여준다.

오필리아는 그리스 신화 속 여신처럼 이상화된 희원의 대상이기도 하다. 그녀는 무엇보다도 이상을 추구하는 인간형이다. 그런 점에서 호머와 영혼의 교감을 나누는 것은 어쩌면 운명적인 선택이라고도 할 수 있다.

이제 이 이야기는 단순히 눈앞에 보이는 차원이 아닌 형이상학적 차원으로 이동한다. 그것은 마치 환영과 상처에 대한 응시 같은 모습으로 나타난다.

나는 저기 호수 건너편 산에 있는 죠지 바스콤네 들판에 나가 밭을 갈고 있었어. 십대 소년이 꿈꾸는 것을 생각하면서 말이야. 나는 쟁기로 커다란 바위를 파고 있었어. 그런데 바위가 갈라지더니 피를 흘리기 시작하더군. 적어도 내게는 피를 흘리는 것처럼 보였어. 바위의 갈라진 틈에서 붉은 액체가 흘러나와 흙을 적시고 있었으니까 말이야. 나는 어머니한테만 그 이야기를 했는데, 그게 어떤 의미이고, 나한테 무슨 일이 있었는지는 말하지 않았지. 글쎄 어머니는 늘 내 서랍을 뒤지고 있었으니 알고 있었을 거야. 아무튼 어머니는 내게 기도를 하라고 다그치셨네. 기도야 했지만 그렇다고 무슨 깨달음을 얻었던 것도 아냐. 그러더니 언제부터인지 그 모든 것이 처음부터 꿈이었다는 생각이 들기 시작한 거야. 인생이란 가끔 그런 거라네. 항상 가슴에 커다란 구멍을 안고 사는 거라고.

　　　스티븐 킹, 「토드 부인의 지름길」, 『스티븐 킹 단편집—스켈레톤 크루 (상)』

주인공 호머가 회상조로 들려주는 이 삽화는 성性과 성장에 대한 우화로, 꿈이 지니고 있는 현실에 대한 잠재의식을 엿볼 수 있다는 점에서 보편성을 띤다. 흡사 우리나라의 설화 같기도 하다. 그리고 이때 이 소설은 꿈에 대한 이야기로 변경된다. 아스라이 피어오르는 꿈, 그러나 잡으려고 하면 멀어지고, 손에 남는 것은 아무것도 없는 이야기. 결국 호머는 오필리아의 사랑을 쟁취했지만 이 짧은 소설에서 이마저도 선명하지는 않다. 결국 이 이야기는 '0도 있고, 영원도 있고, 죽음도 있지만 궁극은 없는' 이야기이기 때문이다. 보르헤스의 미로 개념을 떠올리게도 하는 이 주제는 어쩌면 통속적일 수도 있는 한 늙은이의 롤리타 콤플렉스를 인생에 대한 심오한 이야기로 격상시키는 중요한 역할을 한다.

이제 작가의 말을 들어보자.

나는 이 단편을 무척 좋아한다. 간지러운 느낌 때문이다. 게다가 노인의 목소리는 감미롭기까지 하다. 옛날을 회상하는 글을 한번 써보라. 그 글이 참으로 신선한 데다 창의적이기까지 하다는 사실을 깨닫게 될 것이다. 글을 써 내려가는 동안 「토드 부인의 지름길」은 내게 내내 그런 느낌이었다.

스티븐 킹, 『스티븐 킹 단편집—스켈레톤 크루 (하)』

이 소설이 책읽기의 진수를 느끼게 하는 점은 바로 인생의 구원한 빛이라는 주제와 관련이 있다. 그런데 이 주제는 휘황한 이야기의 재미 위에 살짝 얹혀 있음을 잊어서는 안된다.

이 작품은 내가 보기에 통상 세 가지 정도의 이야기의 차원을 지닌다. 앞서도 잠시 언급했지만 바람난 유부녀가 고의로 실종된 것처럼 꾸미고 자신의 별장지기인 수십 살 차이 나는 늙은이와 달아난 통속적 사랑 이야기로 읽는 것은 제1의 차원이다. 이 차원의 이야기도 재미있다. 그 과정이 너무나 별스럽고 개연성이 있기 때문이다.

두 번째 차원은 지름길에 대한 집착이라는 이야기다. 남이 모르는 지름길을 안다는 것은 누구에게나 자랑스런 일이다. 이 소설은 숱한 길에 대한 정보를 들려주면서, 최단 거리를 찾으려는 한 여성의 이상한 집착을 진솔하게 보여준다. 이만하면 된 것 아닌가? 그 지름길에 대한 정보만으로도 재미가 배가된다. 게다가 그 길에는 로맨스까지 있다.

세 번째 차원은 인생과 기다림의 이야기라는 것이다. 이 소설의 결말 부분에서 오필리아가 소녀의 모습을 하고 나타난 것은 우연이 아니다. 호머가 마지막으로 데이비드에게 인사를 하러 왔을 때 '오필리아는 정말로 열여섯 살도 안 된 여자처럼 보였다. 아직

선생님의 꾸중을 들어야 할 나이' 정도의. 이처럼 너무도 아름다운 모습의 소녀였던 것은 이 이야기가 인생의 참된 성장과 신화에까지 이르는 판타지라는 것을 어렵잖게 짐작하게 해준다.

그렇다. 판타지가 필요한 것은 비단 청소년만이 아니다. 판타지는 언제나 인간을 울게 한다. 그런 점에서 이 소설은 책읽기의 매력을 환상과 정교한 현실과의 매칭 속에서 빚어내었다. 그런 점에서 이 작가는 현대판 에드거 앨런 포라고 할 만하다.

책읽기가 재미있다고 해도 현실을 무시할 수는 없다. 아니 현실을 벗어나는 것만이 좋은 책읽기가 아니다. 그래서 이런 구절들로 이 소설은 끝나고 있나 보다.

올림푸스는 사람들의 영혼을 위해 영예로운 곳에 남아 있어야 한다. 그곳을 갈망하는 사람도 있고 어쩌면 그곳으로 가는 길을 찾는 사람도 있을 것이다. 하지만 나는 캐슬록을 내 손바닥처럼 알고 있고, 아무리 올림푸스로 가는 지름길이 있다 해도 이곳을 떠날 생각은 없다.

「토드 부인의 지름길」

책읽기가 그저 재미만 안겨주는 것은 아니지만 재미를 떠난 책

읽기란 생각하기도 싫다. 책은 재미있을 때 비로소 제 역할을 하는 것 같다. 그래서 나는 독서는, 만화책도 판타지도 상관없고, 즐길 수 있는 책읽기로부터 시작하라고 말하고 싶다. 왜냐, 재미있는 책읽기란 한곳에 머물러 있지 않고 진화하기 때문이다. 곧 더 재미있는 책읽기가 다른 곳에 있음을 알게 되기 때문이다. 그리고 비록 그런 책읽기를 찾지 못하면 어떤가? 머물다 언젠가는 더 재미있는 곳을 알게 되기까지 지속적인 즐거움을 갖는 것, 그것으로 족하다.

책의 기능은 즐거움을 주는 데 있고, 즐거움에는 여러 층위가 있다는 것을 알기만 한다면 말이다.

책이 지식이라는 지적은 별반 새로울 것이 없는 말이다. 책의 내용과 정보가 책의 경쟁력이란 사실을 더 적어서 무엇하랴. 그러나 현대와 같이 정보의 범람이 이뤄진 시대가 또 없었다. 따라서 정보의 선별적 기능, 정보의 분별력이 보다 중요한 과제가 되었다. 책을 쓰고 읽는다는 행위는 이처럼 지식의 넘나듦을 전제로 한 행위로, 그것이 드러나는 양상은 간단치 않다.

우리는 각 분야의 전문가들, 그리고 이들이 채용한 과학적 방법들이 압도적 지위를 차지하고 있는 '지식사회' 또는 '정보사회'에 살고 있다. 적어도 일부 사회학자들에 따르면 말이다. 또 어떤 경제학자들은 우리가 지적 생산 또는 확산과 관련된 직종의 확대를 특징으로 하는 '지식경제' 또는 '정보경제' 속에서 살고 있다고 말한다. 지식은 중요한 정치적 문제로도 떠올랐는데, 여기서는 정보를 공공의 소유 아래 둘 것인지, 사적 소유에 맡겨둘 것인지, 즉 일종의 상품으로 취급해야 할지 아니면 사회적 재화로 취급해야 할지가 핵심 논점이 되고 있다. 그리고 미래의 역사가들 역시 2000년 무렵을 '정보의 시대'로 부를 것이다.

그리고 얄궂게도 지식이 이런 식으로 관심권에 들어오는 것과 때를 같이해 철학자들을 중심으로 한 일각에서는 지식의 신뢰성에 그 이전보다 훨씬 더 근본적인 의문을 품기 시작했다. 혹은 그 이전보다 문제를 제기하는 목소리가 더 커지고 있다고도 할 수 있다. 이전에는 발견했다고 생각했던 것들인데 지금은 대체로 '발명' 또는 '구축'되었다고 묘사하게 된 것이다.

피터 버크, 『지식』

지식이 정치적이기까지 한 권력적인 모습을 띠게 된 것은 지식의 우위가 곧 삶의 우위를 점유하게 된 사정과 연관이 깊다. 전 시대와 달리 지식은 이제 경쟁력의 거의 전부라고까지 할 수 있다. 특히 지식의 생산과 관리, 지식의 범주 규정 등 여러 문제는 최근 들어 그 중요성이 배가된 느낌이다.

지식의 생산과 관리를 둘러싼 쟁점들은 현대에서만 문제시된 것은 아니지만 오늘날처럼 이런 문제들이 첨예하게 대두된 적이 없었다. 물론 그 담지체로서 책의 중요성 또한 전 시대와는 달리 강조되어야 마땅할 것이다.

그런데 이런 사정은 오늘날의 IT산업의 발전과 숱한 미디어의 등장으로 복잡한 양상을 띠고 있는데, 구조주의 인류학자 레비스트로스는 이 점에 대해 간명하게 말하고 있다. "책은 나를 통해서 지나가는 것이며, 나라는 존재는 몇 달 혹은 몇 년 동안 사물들이 만들어지고 정돈되고, 그런 다음에는 배설작용처럼 서로 분리되는 장소입니다."『가까이 그리고 멀리서』 한 개인의 반응도 이러한데 사회 전체적으로 보면 책의 생산과 지식의 출현이 가져오는 현상 전반에 대한 이해란 얼마나 지난한 것일까?

그 옛날 그리스와 로마가 융성했던 무렵에는 천상의 지식, 천상의 앎과 인간계와의 사이에는 망각의 강이 흐르고 있어 우리가 그곳의 지식을 전수받지 못한다고 생각했었다. 이제 우리 사이에는 책이 있다. 책이 그 가교가 되어줄 것인가?

이제 둘러보면, 책이 거의 모든 지식의 담지체였던 시절은 지난 것 같다. 오랜 책의 우위 시대가 서서히 타 매체와 공존하는 시대로 접어든 것이다. 가까이, 바로 우리의 서재에서 한 장의 시디롬 속에 숱한 책을 담을 수 있는 시대가 된 것이다. 이런 기술의 발전이 일반화된 바로 그 점이 중요하다. 그래서 책의 위기가 논의되는지도 모르겠다.

그러나 책이라고 해서 꼭 종이책만 책이라고 간주해서는 곤란하다. 나는 내용과 체제를 가지고 있는 정보 다발을 모두 책이라고 생각한다. 책에는 여러 형태가 있을 수 있게 된 것이다.

책을 둘러싼 화제 가운데 가장 많은 것은 물론 책의 내용에 관한 것이겠다. 책에 담긴 지적인 내용, 텍스트의 실체를 뺀다면 무엇이 남을까? 그런 점에서 보면 책의 경쟁력은 지식의 경쟁력, 정보의 경쟁력 그 자체라고 할 수 있겠다.

지식은 세속적으로 말해 돈이 된다. 그러다 보니 지식의 확장을 둘러싼 이익, 지적 재산권은 재산이라는 관념이 확산되기 시작한 것이다. 서양의 경우, 그 시기는 대략 15세기 무렵이었다.

중세 말 이후로 지식을 활용해 경제적 이득을 얻어야 한다거나 직업상의 비밀을 '귀중한 지적 재산'으로 보호해야 한다는 따위의 주장들을 점점 자주 만나게 된다. 르네상스 시대의 건축가 브루넬레스키는 남의 발명품을 자기 것인 양 주장하는 사람들이 있다며 동료에게 조심하라고 충고를 하곤 했는데, 1421년에는 선박 설계도로 지금까지 알려진 최초의 특허권을 따내기까지 했는데 이 분야에선 확실히 선구자였다. 최초의 특허법이 통과된 것은 1474년 베네치아에서였다. 세계 최초로 서적에 저작권이 설정된 것은 1486년의 일로, 인문주의자 마르칸토니오 사벨리코가 베네치아 역사서를 써서 첫 수혜자가 된 것으로 기록

되어 있다.

『지식』

이는 지식이 돈이 되는 역사의 첫걸음이었다. 이런 과정을 통해 책이라는 지식은 저작권의 형태로 재보가 되어갔다. 정보가 곧 돈이 되는 현대에는 그 매력이 더 커졌다. 이와 동시에 책 정보의 도용도 생겨났고, 저작권 위반도 생겨났다. 책이 정보이고 정보가 돈이라는 가장 명확한 증거가 바로 이것이다.

그런데 책의 정보는 왜곡과 표절이라는 두 범주 사이에서 오랫동안 인류를 방황에 빠뜨리기도 했다. 책의 정보가 중요한 것이기에 그 왜곡의 결과는 심대했다.

앞으로 일어날 일은 이미 과거에 일어났던 일이다. 기원전 527년에 사망한 아테네의 전제군주 피시스트라토스는 자신이 호메로스의 작품을 사들였노라고 선언했다. 아마도 그 작품은 갑자기 제작된 것으로 짐작된다. 문법학자 아리스타르코스와 제노도토스는 그들의 언어학적 지식을 활용하여 그 작품을 알렉산드리아에서 수정하려고 시도했다. 어쨌든 그들이 고대 텍스트를 만들려고 했던 것은 사실이다. 에우스타티우스는 그들이 『일리아스』를 자기 취향에 맞게 고치고 너무 장황하고 지루한 부분을 쳐낸 뒤 여러 장으로 쪼갰다고 증언했다. 이미 데모크리토스도 호메로스의 작품에 주석을 달면서 좀 더 쉽게 읽을 수 있도록 희귀하고 오래된 단어들을 고치고 싶은 충동을 느끼지 않았던가. 그러므로 기원전 3세기 이후에 믿을 만한 호메로스의 판본을 찾을 수 있겠느냐고 누군가 물었을 때 티몬이 다음과 같이 대답한 것은 전혀 빈정대려는 의도에서가 아니었다.

"그럴 수 있지. 아무도 손대지 않은 고대의 사본을 우연히 구하기라도 한다면 말일세."

뤼시앵 폴라스트롱, 『사라진 책의 역사』

책의 정보를 둘러싼 공방은 문자가 개발된 이후 인류의 역사와 궤적을 같이해왔다. 단순한 커뮤니케이션 수단으로 그림이나 아이콘 등을 이용하던 시대부터 글로 쓰인 것은 영속하는 제1의 매체가 되었다. 그와 동시에 많은 왜곡도 벌어졌는데, 앞의 사례들이 바로 그것이다. 이것들은 책의 내용이 바로 그 책이라는 사실과 책이 중요한 정보의 담지체라는 점을 한꺼번에 말해준다.

그런데 많은 훼손이 일어나 얼마 전 논란이 된 『유다복음』 같은 책이 보여주듯 중요한 역사적 사실이 은폐되기도 하고 또 이런 과정을 통해 왜곡되기도 한다. 물론 나중에 발견된 책이 진품이라는 보장도 없는 법이다.

지식에 목을 매는 사람들은 어리석다고 여겨진다. 하지만 지식 없이 우리 삶이 유지되랴.

적극적으로 지식을 만나기 위해 책을 드는 노력을 어찌 포기할 수 있으랴.

책의 정보는 생생히 산 것이어야 의미가 있을 것이다. 그러나 정보라 하여 문득 하늘에서 떨어지듯이 갑자기 생성된 것은 많지 않다. 놀라운 지식이 한순간 개화된 것처럼 보여도 그 속에는 오랜 시간 동안 축적된 무엇이 작용하고 있었음을 간과해서는 안 될 것이다. 그것은 오랫동안 마모가 진행된 건물이 무너질 때는 한꺼번에 무너지는 이치와 관련이 있다. 따라서 책의 정보는, 그 과정이 생생히 드러나면서 지난 시절의 정보의 내용까지 검증할 수 있다는 데 의미가 있다.

그러나 불행히도 어떤 정보는 현재 남아 있는 책이 너무 소수여서 그 진위와 검증이 어려운 측면도 발생한다. 가령 우리나라 삼국시대의 역사서로는 『삼국유사』와 『삼국사기』 정도밖에 없다. 중국이나 일본의 문헌을 참조할 수는 있지만 이도 제한적 의미만 있을 따름이다. 이제 남아 있는 것은 금석문이나 책이 아닌 형태의 정보뿐이다. 그런데 이런 금석문의 해독도 쉬운 일이 아니다. 시간이 많이 흐른 탓에 마모되고 손상되어 온전한 독해가 어려운 실정이다. 이럴 때 책의 의미는 성큼 우리 곁으로 다가온다.

책의 역사는 곧 지식의 역사다. 인류가 가진 지식의 많은 부분은 책의 형태로 전수되어왔다. 앞으로는 비록 종이 위에 씌었느냐 파일 형태이냐에 따라 다르겠지만 책을 통한 정보의 갈무리는 한동안 계속될 것임에 분명하다. 책에는 체제 혹은 일관성, 그리고 여러 형태의 모양새 등 매혹적 요소가 지식과 함께 들어 있기 때문이다. 책冊이라는 한자의 모습 속에는 이런 책의 요소가 잘 드러나 있다.

영화 〈매트릭스〉가 나온 이후, 우리 삶의 현실과 가상현실 사이에 이해의 폭이 넓어진 듯하다. 사실 장자의 호접몽 이야기가 말해주듯 동양에서는 이런 가상현실에 대한 이해가 잠재되어 있었는데(예컨대 '인생일장춘몽' 같은 말이 시사하듯이), 불행히도 이를 논리화한 것은 서양이었다. 프라하 출신 철학자 빌렘 플루서가 극단적으로 우리 현실과 가상현실의 차이는 '해상도'(가령 컴퓨터 모니터상의 영상들은 화소·픽셀이 만들어내는 가상이다)의 차이라고 말하고 있음을 상기해보자.

그런 점에서 책에 담긴 지식이라고 해서 인식의 범위를 벗어나는 것은 아닐 것이다. 책의 지식에는 한계가 분명 있다. 한계가 있으므로 불분명한 지식일까? 이는 섣불리 대답할 수 있는 물음은 아닐 것이다.

지식에도 어떤 유행이 존재한다. 지난 시절에는 교양 지식이 실용 지식보다 우위에 있었다. 그때 각광받던 저자는 분명 지금과는 많이 달랐다. 그러나 오늘날에는 확실히 교양 지식보다는 실용 지식이 우위를 차지하고 있는 것 같다. 현실에서 써먹을 수 있는 지식, 그것도 당장 써먹을 수 있는 지식이 각광받고 있다. 그리고 저술도, 출판 지원도 그런 쪽에서 더 큰 진전을 보이고 있는 듯하다.

물론 그 이면에는 죽은 지식, 쓸모없는 지식, 교양 지식에 대한 반감이 깔려 있음은 더 말할 나위도 없다. 그런데 지식의 쓰임이란 그닥 단순한 문제가 아니다. 오늘 쓸모없는 지식이 내일 새롭게 재조명될 수 있는 여지가 아주 많은 시대에 우리가 살고 있음을 간과해서는 안 된다. 그리고 바로 그 현실적인 쓰임이 다한 뒤 폐기되는 지식보다는 오랜 시간을 두고 진화되어온 지식이 더 의미 있을 수도 있다.

지식의 진보가 이뤄져도 우리가 지난날의 지식을 새롭게 읽게 되는 것은 바로 이런저런 이유들 때문이다. 삶을 통해 보면 지식의 내용 못지않게 그 과정, 그 정신이 때론 중요한 쓰임을 갖고 있다.

지식에 목을 매는 사람들은 어리석다고 여겨진다. 하지만 지식 없이 우리 삶이 유지되랴. 따라서 우리는 더 새로운 정보, 더 유용한(광의의) 정보를 갈구하게 된다. 저절로 알게 되는 지식도 있겠지만 적극적으로 지식을 만나기 위해 책을 드는 노력을 어찌 포기할 수 있으랴.

책이 인간을 탐구한다는 사실은 오래된 진실이다. 책이 직간접적으로 인간학에 몰두해온 역사는 오래되었다. 지금껏 내가 여러 종류와 형식의 책을 읽으면서도 또 책을 갈구하는 것은 바로 이런 이유에서다. 인간에 대한 탐구 면에서 책만큼 그것을 잘 수행하는 것을 나는 본 적이 없다. 그런 의미에서 추리소설도, 심리학서도, 인문교양서도, 경제경영서도, 시집도, 여행서도 똑같은 반열에 놓인다.

그런데 이런 책보다 더 직접적으로 인간을 말해주는 책으로 전기가 있다. 나는 여러 권의 전기를 보면서 그때마다 마르셀 프루스트가 전기와 작품에 대해 한 말을 떠올리곤 했다. '예술 작품이란 서한이나 사교활동, 혹은 그 사람의 습관이나 속내 이야기 등을 통해서 드러나는 그 사람의 사회적 자아와 또 다른 자아에 의해서 창조되기 때문에 자연인으로서의 인간과 그의 예술 작품을 구분해서 보아야 한다'는 주장이 그것이다. 그런 면에서 보면 인간에 대한 우리의 이해는 이제 막 시작되었다고 할 수 있다.

인문人文이란 장르가 바로 의미하는 것이 바로 이것이거니와 비단 인문 분야가 아니더라도 책은 모두 인간에 대한 이해로 수렴된다. 인간에 대해 이해하기 위해서가 아니라면 책을 읽을 이유가 없다고까지 생각한다.

옥스퍼드대학 영문학과에 재직하고 있는 존 캐리가 『역사의 원전』을 통해 실행해 보인 것도 바로 이 인간의 육성 채집이다. 그것은 물론 르포르타주의 외양을 하고 있는데 여기에서 상상문학과 기록문학이라는 두 상이한 장르에 대한 의미 있는 조응이 생겨난다.

르포르타주의 절대적인 요건은 그 내용이 실제 일어난 것임을 독자가 알아야 한다는 간단한 사실이다.

아무리 철저히 사실주의 소설이라도 읽다가 너무 참혹하고 슬픈 내용에 빠졌을 때는 이것이 결국 그냥 이야기일 뿐이라는 사실을 스스로 일깨우고 벗어날 수 있다. 그러나 가장 뚜렷한 예로, 나치 대학살에 관한 생존자나 관찰자의 기록을 읽다가는 그렇게 벗어날 수 있는 길이 없다…….

(르포르타주 문학은) 독자의 동정심을 키워줄 수 있으며, 인간이란 어떠한 존재인가에 대한 생각을 (양쪽으로) 키워줄 수 있으며, 비인간적 행위를 저지를 가능성을 줄여줄 수 있다. 어떤 이득이 상상문학에서 얻을 수 있을 것이라는 주장이 전통적으로 있어왔다. 그러나 르포르타주는 문학과 달리 현실을 거침없이 보여주는 것이기 때문에 그 가르침도 더 설득력이 강할 수밖에 없다. 더구나 문학의 손이 닿지 않는 방대한 군중에게 접근하는 것이기 때문에 그 잠재적 영향력은 비교할 수도 없이 더 크다.

존 캐리 엮음, 『역사의 원전』

기록문학이 인간의 육성, 상황의 특수성을 증언하는 데 효과적임은 더 말할 필요가 없을 것이다. 이 책에도 르포르타주가 아니면 불가능했을 당대의 생생한 삶과 죽음의 순간들이 잘 그려져 있다.

한데 기록문학과 상상문학의 우위를 가르는 문제는 쉽지 않다. 이 인용에서 알 수 있듯이 르포르타주가 주는 감동은 더없이 크다. 그와 마찬가지로 인간이 상상할 수 있는 영역 또한 무한히 넓다고 생각한다.

인간의 경험세계를 왜 굳이 실제 경험한 사실들로만 한정할 필요가 있을까? 일찍이 르네 지라르가 『낭만적 거짓과 소설적 진실』에서 삼각형의 욕망구조를 통해 매개체의 욕망을 강조하였듯이 실제 체험과 상상적 체험은 서로 상보적인 역할을 할 수 있지 않을까?

본격적으로 인간을 다룬 기록물을 우리는 흔히 평전이라고 한다. 출판 호황의 시대에는 평전이 많이 출간되는 법이다. 최근에도 평전들이 일정한 붐을 이루고 있다. 평전만을 전문으로 내는 출판사까지 있을 정도다. 평전이 인기를 끄는 이면에는 사람에 대한 관심이 놓여 있다. 사람이 아니면 사람에 대해서 잘 알 수 없는 법이다. 그러나 누군가의 표현을 빌리면 우리는 우리가 타고 다니는 차에 대해서보다 인간에 대해서 잘 알지 못한다.

어느 유명인의 예를 들어 살펴보자.

1998년 초, 아프리카 순방을 떠난 빌 클린턴은 당시에 줄잡아 50만 명 정도의 인파가 자신을 향해 모여들기 시작했을 때 앞에 있던 사람들이 밟힐까 봐 걱정이 된 나머지 벌컥 성을 내는 모습을 텔레비전 뉴스를 통해 전국에 노출시키고 말았다.

"뒤로 물러서요. 뒤로 물러서란 말입니다."

클린턴은 긴장된 얼굴에 목에는 핏대를 세우고 당장이라도 튀어나올 듯한 눈으로 소리를 질렀다. 대니얼 골먼은 이런 종류의 분노의 표출을 '감정의 하이재킹 혹은 공중 납치'라 부른다. 그는 또한 '신경의 하이재킹', '변연계의 하이재킹'이라는 표현도 사용했다.

데이비드 와이너 외, 『미친 뇌가 나를 움직인다』

미국의 전 대통령 빌 클린턴의 행동 이면에 대해서는 이런 설명이 가능하다고 한다.

아주 간단히 말해서, 클린턴의 경우 뇌 속의 해마가 갑자기 물밀듯이 밀려드는 군중의 잠재적 위험성을 기억하고 있다가(해마는 일종의 임시 기억 저장소라 할 수 있다) 편도체에 신호를 보내 분노를 촉발시키는 뇌 화학물질의 방출을 허가하고 실행한 것이다. 분노가 일어나는 눈 깜짝할 순간에, 그 과정에 연루된 신경의 경로들은 이성적 사고 능력이 담긴 클린턴의 신피질을 완전히 무시함으로써 전체적으로 그 사건은 변연계의 사건이 되어버린다. 따라서 클린턴은 화를 낼 것인지 말 것인지, 뇌에 의한 이성적인 결정을 내릴 기회 자체가 없었던 것이다. 즉 변연계가 그의 이성을 공중 납치해버려 속수무책이었던 것이다.

『미친 뇌가 나를 움직인다』

한 인간의 행동을 이런 식으로 자연과학적으로 분석하는 것이 왜 의미 있는지를 굳이 말할 필요는 없을 것이다. 사실 이제껏 인간의 행동을 너무 심리적, 심정적으로만 이해해왔음을 상기하자.

이 같은 과학적, 화학적 작용에 대한 분석만으로 인간을 파악하는 것이 의문스럽지만 인간에 대한 심층적 이해에 한 발짝 더 다가간 것만은 부인할 수 없을 것이다.

앞서 르포르타주를 통한 인간 이해의 경우를 살펴보았다면 다음으로는 문예물의 대종을 이루는 소설을 통한 인간 이해를 살펴보려 한다.

소설이 인간학이라는 것은 아주 오래된 진실이다. 소설을 통해 인간에 대한 이해를 깊이 할 수 있고 삶에 내포된 의미를 확장할 수 있다는 것은 굳이 더 적지 않아도 좋을 정도지만 문제는 그 효과가 어떻게 작동하는가 하는 점이다. 이 점을 SF작가 로버트 실버그의 소설 『두개골의 서』를 통해 살펴본다.

이 작품은 넓은 의미로 보면 SF로 분류되지만 영생을 말하는 점, 초현실적인 분위기의 비약적인 스토리 라인 등으로 인해서 판타지로 분류되기도 한다. 분류는 어떻게 하든 대단히 압도적인 분위기는 이 소설의 의미를 한 차원 더 높은 곳으로 밀어 올린다.

우연히 『두개골의 서』라는 비서秘書를 손에 넣고 기숙사를 매개로 만난 네 명의 청년이 봄방학을 이용해 애리조나 사막에 있다는 두개골의 사원을 찾아 머나먼 길을 떠난다. 이 과정에서의 이야기가 전편을 가득 메우고 있는데 흡사 로드무비 같은 구성을 통해 네 주인공들의 캐릭터가 잘 드러난다.

이 소설은 네 주인공이 서로 번갈아가며 서사를 이끌어감으로 해서 입체적인 상황 판단과 주인공들의 심리 상태에 대한 심도

있는 이해가 가능해지는 기법을 차용하고 있다. 그런데 작가는
이 점에 대해 다소 어려움이 있었다고 말한다.

『두개골의 서』는 내가 책을 썼던 시기, 즉 1970년대 초반의 미
국이라는 현대적 배경을 가진 소설이다. 화자들은 (네 명이 각각
서로 다른 어조로 이야기한다는 것이 그렇게 고약한 글쓰기 훈련이
될 줄은 미처 몰랐다!) 부활절 봄방학을 맞아 떠난 미국의 남자 대
학생들이다. 여기에 SF다운 구석은 전혀 없다.

로버트 실버버그, 『두개골의 서』

결국 이 네 명의 주인공 캐릭터가 왜 중요하냐 하면 그 캐릭터
가 죽음과 삶을 가르기 때문이다.

인간은 누구나 영생을 꿈꾼다. 이 소설이 인간학으로서 의미 있
는 지점은 바로 이 부분이다. 소설이 이야기하고 있듯이 인간은
영생을 꿈꾸지만 거기에 희생이 따른다는 사실을 흔히 간과한다.
『두개골의 서』 아홉 번째 비의는 "생명의 대가는 생명이어야 하
는 법. 고귀한 자여, 영원은 반드시 절멸에 의해 보상됨을 알라,
삶을 통해 우리는 매일 죽고, 죽음을 통해 영원히 살아남으리라"
이다.

결국 네 주인공 가운데 두 명은 죽는다. 그럼 남은 두 사람은 영
생을 얻었을까? 이 소설이 끝나는 시점에서 새롭게 발생하는 의

문이다. 소설이 뛰어난 인간학일 수 있음을 보여주는 실제 예라
고 할 수 있다.

소설문학에만 해당하는 지적은 아니지만 책은 '깊이'라는 무기
로 인간의 삶을 조망하게 한다. 책의 깊이는 다른 매체와는 다르
게 그 심도가 깊다. 소설문학의 예를 들면 소설은 철학, 종교, 역
사, 미술 등 모든 것을 아우르면서 또 다른 것을 빚어낸다. 오늘
날 인터넷 등 많은 매체의 범람 속에서도 인간 존재의 심연을 알
고 싶으면 책을 들라고 자신 있게 말할 수 있다. 그런 점에서 책
을 들고 있는 사람은 감히 인간에 대해 연구하고 있다고도 말할
수 있다. 이는 책이 다름 아닌 인간의 것인 까닭이다.

그렇다면 우리는 책읽기를 통해 상처를 치유하고 삶의 여러 어
려움들을 헤쳐나갈 수 있지 않을까?

자기계발 관련 서적들에 대해서는 찬성론자와 반대론자가 공
존한다. 뇌에 관한 책들을 여러 권 써낸 리처드 M. 레스탁을 비롯
한 일부 전문가들은 그런 책들의 효과가 일시적이라고 믿어 그것
들에 열광하지 않는다. 반면 나 같은 사람은 20여 년 전에 자기계
발 서적에서 읽은, 억제에 대한 대처 전략은 그 안으로 파고 들어

가는 것이라는 그 전략을 이용하고 있다. 자기계발 서적에서 자아 방어 구축에 도움이 되는 중심 생각을 발견한다면 독서의 가치는 있는 것이다. 전문가가 처방해주는 책은 우리의 사고방식을 바꾸고 변연계 욕구들을 변화시킬 수 있기에 독서치료라는 명칭이 성립될 수 있다. 그것이 독서치료의 진정한 정의이다.

내가 가장 즐겨 이용하는 자아 방어 요법이 바로 독서다.

『미친 뇌가 나를 움직인다』

우리가 알고 있는 지식은 대개 피상적이기가 쉽다. 어떤 물질을 이용했더니 어떤 결과가 빚어졌다는 자연과학적 지식은 그 속을 자세히 들여다보면 무엇이 어떤 작용을 한 것인지에 대한 설명이 빠져 있기가 십상이다. '재연'의 필요성이 극대화되는 어떤 효능의 입증이라는 문제에서는 방증 자료로 이용될 수가 없다. 따라서 우리는 왜, 그런 작용이 가능해진 것인지에 대해서 더 깊이 알고 싶은 마음이 생긴다.

고객: 디킨스 책 있나요?

그랜트: 이곳은 여행서적 전문 서점입니다. 여행에 관한 책만 팔지요.

고객: 그렇군요. 그럼, 존 그리샴의 새 스릴러물은 있나요?

그랜트: 그건 여행서적이 아닌데요.

고객: 곰돌이 푸우는 있겠지요?

영화 〈노팅힐〉에 나오는 대사다. 나는 이 영화를 보았는데도 이 책을 읽기까지 그들의 대화를 이해하지 못했다. 이제 나는 이 구절을 음미하기 시작한다.

여행서만을 예로 들었지만 역사를 살펴보면 책은 잘도 분화되어왔다. 책들은 더 설명할 필요가 없을 만큼 장르적인 분화만이 아니라 상호텍스트성에 의해서, 패러디 등 다기한 기법에 의해서 거듭거듭 다시 씌어왔다. 그런 점에서 보면 우리는 그 어느 때보다 다양한 책의 혜택을 누리고 있는 셈이다.

그런데 과연 그뿐인가? 앞서도 잠시 언급했지만 책은 '더 깊이'라는 방식으로 진화되어왔다. 물론 전문가들의 특수한 전문 지식 가운데는 책으로 쓰이지 않은 것도 있고, 불립문자라 하여 글로, 혹은 책으로 쓰이지 않은 지식도 있을 수 있겠다. 그런데 이런 점이 책의 약점이 되는 것일까? 그렇기도 하고, 그렇지 않기도 하다. 삶은 다양한 스펙트럼을 거느린다. 그런 점에서 보면 책은 다양해야 한다. 한편, 동시에 우리가 살아가는 데에는 전문적인 지식이 요청된다. 그런 점에서 보면 전문적인 책 한 권이 더 중요할 것도 같다.

18세기 한갓 지역어에 불과했던 독일어가 세계적인 언어로 된 데에는 괴테라는 걸출한 문인의 기여가 있었다. 그의 빛나는 문학 작품들은 분열된 국가를 문화적으로 통합했다. 당시 독일 사회는 전 시대에는 로마와 프랑스 문화에, 당대에는 그리스와 영국 문화에 탐닉해 독일적이라고 할 만한 문화가 빈약하였다. 괴테는 문학을 통해 독일 문화와 독일을 세계 속에 우뚝 성장시켰다.

오늘날 카프카, 브레히트, 토마스 만, 귄터 그라스의 문학이 세계적으로 널리 읽히는 것도 이런 문호文豪의 선각적인 노력이 있었기 때문이다. 그리고 독일이라는 국가의 국운이 흥성하게 된 단초 또한 이때 뿌려졌다고 할 수 있다. 영국만 해도 셰익스피어와 워즈워스라는 두 걸출한 극작가와 시인이 나오기 전에는 그저 국지적인 문학과 문화에 불과했다.

이제는 너무 많이 들어서 낡은 느낌까지 드는 "인도와도 안 바꾸겠다"는 문인 셰익스피어가 없는 세계연극사는 생각할 수 없다. 단적으로 말해 인류의 사고체계는 그에 의해서 세련성을 부여받았다고까지 말할 수 있을 정도다.

또한 일군의 낭만주의 시인들이 영국과 영문학을 선양한 면면은 눈부셨다. 세계문학에서 영시와 영 극작이 차지하는 큰 비중은 바로 이런 과정을 통해 얻어진 것이다.

일본문학의 경우를 살펴보면 10여 년 전 오에 겐자부로가, 또 그 훨씬 이전에 가와바타 야스나리가 노벨문학상을 수상하는 등 두 명의 노벨상 수상 작가가 배출되었다. 상당히 많은 서구인이 일본문학의 위의威儀는 잘 알면서, 그보다 더 오랜 역사를 지닌 중국의 문학은 잘 모르고 있다. 이는 미시마 유키오나 가와바타 야스나리, 아베 고보, 무라카미 하루키 등 일본 문인들의 분발과 깊은 연관이 있다.

몇 해 전 우리나라에도 왔던 프랑스의 작가이자 비평가인 파스칼 카지노바에 의하면 현대에서 노벨문학상은 그 국가의 영예처럼 생각되고 있다고 한다. 서울 광화문 교보문고 매장 입구에 보면 세계의 노벨상 수상자들이 망라되어 있는데, 그 가운데 가장 많은 부문이 문학이다.

물론 문학이나 예술을 상으로 재단할 수는 없다. 그렇다 해도 유구한 문학 전통을 물려받아온 우리 민족이 노벨문학상을 못 받을 이유 또한 없는 것 아닌가. 문학을 아끼고 사랑하는 민족은 흥한다. 문학이라는 나무는 우리가 잘 가꾸면 그 몇 배, 몇십 배 보답을 한다. 따라서 문학에 헌신하는 노력은 사회적 · 경제적으로도 이득이 큰 투자다.

그러나 당장 쓸모가 없는 무용無用의 세계인 문학은 특별한 취향의 사람들이 향유하는 것으로 치부되고 있다. 문학을 제대로 이해하는 데는 시간과 노력이 많이 든다. 또한 현실적으로 어떤 즉답이 주어지는 것도 아니다. 문학이라는 '깊이'는 단세포적으로 작용하는 것이 아니기 때문이다. 실용의 관점에서 보자면 한심한 것일 수도 있다.

그렇지만 정반대로 바로 그 무용성이 삶의 아름다움과 진정성을 일깨울 수 있다. 무엇이 진정 실용적인 것인가를 깨우치는 힘을 주는 것이다.

문학의 언어는 사고가 깃든 집이다. 언어는 사유의 모든 것이다. 우리의 정보 세계를 구성하는 것의 많은 부분은 언어다. 언어는 다양한 방식으로 우리의 사고 체계를 조직화하고 재구성한다. 문학적인 언어를 사용하는 민족과 일상적이고 실용적인 언어만을 사용하는 민족은 삶의 차원이 다른 것이다.

우리가 우리의 문학을 지켜야 하는 것은 어떤 면에서 우리의 의무라고까지 할 수 있다. 한 문화권이 갖는 독자적 이야기의 전승과 사유의 전개, 인간에 대한 깊은 이해는 문학을 통해 비로소 이루어지기 때문이다.

문학서든 실용서든 읽고 싶은 것을 읽는 가운데 서서히 책이 지닌 이 '깊이'의 작용이 이뤄진다. 더 깊게 알고 싶은 욕망은 때로 편향적 독서로 나타나기도 한다. 그러나 엄밀히 말해 편향적인 독서란 존재하지 않는다. 어느 자리에서 나는 책읽기는 편식에서 비롯한다고 말했다. 읽고 싶지 않은 책은 읽기도 곤혹스럽지만 고통스럽게 완주해도 별반 도움도 되지 않는다. 나는 어린이들이 학습에 도움이 안 되는 만화책을 많이 봐도 그냥 두라고 말하곤 한다. 만화로서는 안 되는 어떤 부분이 책 속에는 들어 있음을 어느 순간 알게 되기 때문이다. 그런데 이는 만화책과 책을 동일한 테이블에 놓고 가치 평가하는 문제는 아니다. 그런데 가령 만화책을 빼앗아버리면 어떻게 될까? 그것은 상당히 오랜 시간 책과의 만남이 늦춰지는 결과를 초래한다고 나는 생각한다.

좋아하는 분야를 읽는 가운데 책과의 만남은 깊어져야 한다. 그뿐만 아니라 책은 깊이의 기능을 지니고 있기에 책을 좋아하게 되면 깊이 읽게도 된다. 앞서도 적었지만 책의 가장 강력한 무기는 깊이다. 깊이가 담보되지 않은 지식이나 지혜는 오래가지 않는다.

홍상수의 영화 〈극장전〉의 마지막 장면에서, 남자가 여배우와 헤어지고 나서 이렇게 말한다. "생각을 해야 해, 이제 생각을 하고 살아야겠다." 워낙 생뚱맞은 대사여서 쿡쿡대며 웃었던 기억이 선연하다. '생각'에 대해서 생각하게 할 만한 좋은 책은 무엇인가.

먼저 생각해볼 문제는 두 가지다. 우선 우리가 무엇인가를 화두로 들고자 했을 때, 아니 화두라는 말이 거창하다면 무언가 상상해본다고 했을 때 어떤 질료 없이, 매개 없이 상상할 수 있는가 하는 점과 과연 잘 상상하고 잘 생각한다는 것은 어떤 훈련이 필요한가 하는 점이다.

먼저 어떤 매개가 없는 상상은 그것 자체로 불가능한 것은 아니지만 공상이나 망상에 가깝기가 쉽다. 그에 반해 훌륭한 생각은 훈련과 수련을 통해, 즉 논리의 힘을 받아서 형성된다고 볼 수 있다. 『생각발전소』란 책을 통해 이 점을 살펴보자.

이 책은 바로 이 점을 웅변하고, 우리를 '짜잔' 하고 논리 속으로 데려다주는 책이다. 『생각발전소』의 원제는 '스스로 생각하라'다. 한마디로 생각하는 기술을 길러주는, 그것도 깊이를 담보한 생각하는 힘을 길러주는 책이라고 할 수 있다. 그렇다면 왜 우리에게 새삼 '생각'이 문제되는가? 생각과 수사학에 밝은 저자답게 이 점에 대해 명쾌하게 묘파해놓았다.

생각이란 오늘날 심심찮게 보이는 것처럼 그렇게 알맹이 없는 빈껍데기일 수는 없다. 아무리 길어내도 바닥을 드러낼 줄 모르는 게 바로 생각이다. 생각의 기술은 떠오르는 착상과 생각을 세우는 데 필요한 자료들을 찾아 모으고 판단력의 날을 날카롭게 벼르도록 도와준다. 바로 거기에 생각의 기술이 갖는 해방의 힘이 있다.

엔스 죈트겐, 『생각발전소』

이 책을 상상력 훈련 교재로 쓰든, 수사학 교재로 쓰든, 논술 교재로 쓰든 훌륭하게 거기에 맞게 기능할 수 있다. 저자의 말에 착안해보면, 먼저 생각을 세우는 데 유용하고 다음으로 판단력을 기르는 데 유용하다. 생각과 판단력은 분리되어서는 안 되는, 한 몸에 깃든 두 영혼이다.

모두 20개의 장으로 구성된 이 책은 의외로 느슨하면서 산만한 흐름을 갖고 있다. 그런데 잘 읽히고 그 예화가 적절하면서도 재미있는, 그 미덕이 생겨난 것은 바로 이런 다소 느슨한 구성 덕분이다. 저자는 독자에게 여러 주머니 속에서 구미에 맞는 방법론과 삽화를 전체적인 흐름에 신경 쓰지 않고 여유롭게 꺼내서 가지라는 식으로 말 걸고 있는데, 이 책이 건조한 논리책의 일반적 경향을 훌쩍 뛰어넘는 큰 내포의 의미를 띠게 된 것도 이런 저자의 배려가 밑바탕에 깔려 있기 때문이다.

또 그 낱낱의 주머니 속에는 치밀하면서도 꼼꼼한 '살펴보기'가 준비되어 있어 각론으로 생각의 기술을 키우는 데 퍽 유용하다는 느낌이다. 독일적인 예화들이 다소 거리감을 주기도 하지만, 다행스럽게 그 정도가 심하지는 않다.

생각을 잘하게 되면 글도 잘 쓰게 된다. 재미있으면서 논리적인 글쓰기는 어떻게 가능한가? 현대인은 누구나 글쓰기에서 면제된, 예외적인 존재가 아니다. 이 책을 읽고 난 후 한 통의 e메일을 쓸 때에도 논리가 주는 아름다움과 진한 감성의 적절한 조화, 그리고 덧붙여 섬세한 사고의 결까지 보여주는 글쓰기를 수행해볼 일이다.

깊이 없는 삶과 지식은 쓸모가 적을 뿐 아니라 의미도 적은 법이다. 책은 여전히 쓸모 있는 그 무엇이다. 그 무엇이라고 표현을 한 것은 책의 세계가 깊이를 담보하고 있기에 한두 마디로 규정하는 것이 불가능하기 때문이다. 그런 점에서 책의 세계는 여전히 현재진행형이다.

책이 서재에만 놓여 있는 것은 아니다. 어떤 사람에게는 영혼의 구급약이기도 하고, 삶의 청신호이기도 하다. 굳이 당면한 문제에 즉답을 줄 수 없다고 해도 책의 의미는 한정적이지 않다. 어느 여배우는 여자에게 가장 소중한 것은 다이아몬드라고 말했지만 책 마니아들에게 가장 소중한 것은 책일 따름이다. 그런데 이때 책이라 함은 갑匣 속에 있는 그런 죽은 사물이 아니다. 책은 그것을 사용하는 방식에 의해서 깊이가 부여된다. 책 사용자가 한 권의 책에서 만족하지 못한 내용을 다른 책에서 다시 구할 때 가치는 비로소 새롭게 생성된다.

책의 여러 기능 중에 깊이를 부여하는 노력은 주로 독자들에 의해서 이뤄지는 것 같다. 책의 세계는 매혹적이다. 그러나 피상적으로 매혹적인 것이 아니라 깊이가 있음으로 해서 매혹적이다. 깊은 물결을 품고 있으나 표면은 많이 흔들리지 않는 세계, 그것이 책의 세계다.

　흔히 나이가 들수록 지성이 감성을 압도해야 한다고들 말하는
데, 이 점에 관한 한 나는 생각이 다르다. 지성을 갈고 닦아야 하
듯이 감성 또한 갈고 닦고 정성을 다해 애쓰지 않으면 좀처럼 개
발되지 않는다. 그러므로 학창 시절 읽었던, 그래서 지금은 잘 기
억도 나지 않는 한두 편의 시에 평생 의존하고 우리의 감성을 함
부로 방치해서는 안 된다고 믿는다.

　세상살이가 각박해졌다고 흔히 말하지만 우리는 대안을 잘 제
시하지도 않고, 또 이 점을 심각하게 생각하지도 않는다. 나는 그
런 점에서 시를 읽어야 하고 감성을 개발해야 한다고 생각한다.

　책은 감성을 개발하는 데 중요한 역할을 하는 매체다. 책을 읽
고 감성을 개발한다고 했을 때 그것은 책상물림이나 책 마니아의
고답적인 인생살이가 아니라 삶을 긍정하고, 에너지가 넘치게 사
는 사람의 적극적인 세상 개척으로 읽어야 한다. 책을 펴는 것도

149

중요한 삶의 개발 행위임을 잊어서는 안 된다.

개인적인 이야기를 하자면 나는 고층 아파트에 살면서 바깥 유리창을 닦을 방법이 없는 줄 알고 있다가 어느 날 전문가의 손을 빌려 창을 닦고 난 후 새삼 창가에 서 있는 일이 잦아졌다. 유리창 하나를 닦았을 뿐인데 어느새 투명한 봄기운 속으로 성큼 빠져드는 듯한 느낌에 사로잡히곤 했다.

예컨대 사계 가운데 한 계절인 봄은 김수영과 함께 온다. 그는 엘리엇의 봄만을 알고 있던 내게 봄의 또 다른 모습을 보여준 시인이다. 수영의 봄날은 열려 있으며, 충만하고 그래서 조금은 희망을 가져도 좋은 시간이다.

애타도록 마음에 서둘지 말라 / 강물 위에 떨어진 불빛처럼 / 혁혁한 업적을 바라지 말라 (…) 한없이 풀어지는 피곤한 마음에도 / 너는 결코 서둘지 말라 / 너의 꿈이 달의 행로와 비슷한 회전을 하더라도 / 개가 울고 종이 들리고 / 기적소리가 과연 슬프다 하더라도 / 너는 결코 서둘지 말라 / 서둘지 말라 나의 빛이여 / 오오 인생이여 그는 시 「봄밤」에서 이렇게 노래하고 있거니와, 봄날의 서정을 통해 덤으로 나이가 들수록 생을 관조하는 깊은 사색과 통찰로까지 우리를 이끈다.

흔히 스무 살 무렵에 시인을 꿈꾸지 않는 사람은 어리석다고들 한다. 그리고 이십대가 넘어서도 시인을 꿈꾸는 자는 더 어리석다고 한다. 그래서 사석에서 시에 대해 말하려고 하면 왠지 나는 계면쩍어지기도 한다. 한마디로 말해 요즘 누가 시에 관심을 가지겠는가 하는 자괴감이 앞서기 때문이다.

그러나 아니 그런 이유에서라도 우리는 더 시를 노래해야 한다. 적어도 내가 보기에, 우리의 오늘날 피폐한 삶의 모든 문제는 바로 시를 잘 읽지 않고 쓰지 않는 데서 비롯한다고 생각한다. 우리는 감성과 지성의 조화로운 삶에 대해 간과하는 듯하다.

삶은 생존의 현장이기도 하지만 우리가 가꾸기에 따라 향기로운 정원이 되기도 한다. 봉숭아 씨앗을 구해 화분에 심고, 그 속에 우리의 꿈도 심어보자. 조용히 귀 기울이면 시의 속삭임이 들려오리라. 그 조용한 속삭임은 봉숭아 꽃물을 손톱에 곱게 들이던 지난날의 꿈도 불러오리라. 그런 점에서 시집이야말로 우리 감성을 일깨우는 데 무엇보다 큰 역할을 한다고 하겠다.

때로 책은 자신이 보지 못하는 스스로의 모습을 볼 수 있게 하는 역할을 맡는다.

감성에는 지적인 자극이 반드시 필요하다. 삶이라는 감각을 질료로 하여 지적인 자극 끝에 감성이 만들어진다.

비단 시집뿐이랴. 일면 감성과 거리감에서 시집의 극단에 있다고 여겨지는 추리소설도 그 속내를 잘 살펴보면 우리의 감성에 송곳처럼 자극을 가해오기도 한다.

폴커 오토는 『문학의 형식』에서 범죄소설이 지니는 몇 가지 공통점을 열거하였는데 이를 통해서도 추리소설이 비단 논리만이 아니라 감성에도 호소해온다는 점을 잘 알 수 있다. 그 공통점이란 바로 다음과 같다.

범행이 존재하다. 대개 살인사건이다.

범인이 있다. 대개 살인자다.

희생자가 있다. 대개 시체로 발견된다.

범행의 시간과 장소는 대개 한밤중에 외진 곳 또는 밀폐된 방에서 일어난다.

살인의 동기가 있다. 대개 돈 또는 복수 때문이다.

대개 죄 없이 혐의를 받는 용의자가 있다.

가짜 동기가 사건을 혼란스럽게 하는, 소위 'red herring'이 존재한다.

매우 영민하거나 활동적인, 혹은 개성이 강해 기인과 같은 해결자(탐정)가 존재한다. 이들은 작가와 독자의 중재가, 즉 의문에 찬 독자를 위해 대리인 노릇까지 한다.

이들 해결자들은 특이한 방식으로 문제를 해결한다.

충실한 조력자나 친구의 도움을 받는다.

'중요한 단서'를 대개 경찰은 포착하지 못한다.

E. T. A. 호프만, 『스퀴데리 양』에서 재인용

이들 유형에 추리소설의 구성을 대비하여 보면 실로 재미있는 감성 개발이 가능해진다. 책이 감성을 북돋운다 함은 없는 감성을 생성한다는 의미는 아니다. 사실 책이라는 것은 사람들 속에 있던 무엇을 눈앞에 보여주는 것이다. 마치 동료의 얼굴을 자주 봐도 자신의 모습은 보지 않듯이, 때로 책은 자신이 보지 못하는 스스로의 모습을 볼 수 있게 하는 역할을 맡는다. 흔히 간과하는 문제라고 생각하는데, 감성에는 지적인 자극이 반드시 필요하다. 삶이라는 감각을 질료로 하여 지적인 자극 끝에 감성이 만들어진다. 그런 점에서 추리소설은 때로 감성으로 이끄는 중요한 역할을 담당할 수 있다.

요즈음 내가 만나는 사람에게 곧잘 하는 말이 있다. 자신의 인생을 글로 써보라는 말이 그것이다. 나는 누구나 그 사람의 내면에는 한 권 이상의 책이 있다고 생각한다. 그런 이유에서 나는 반드시, 아니 의무적으로 누구나 한 권씩의 책은 남기고 이 세상을 떠나야 한다고까지 생각한다.

나는 미국 작가 폴 오스터의 예를 통해 글을 쓰는 것이 갖는 의미를 말해보고 싶다. 단적으로 글을 쓰는 것은 인생을 쓰는 것이고, 인생을 쓰는 것은 우리 삶을 한 단계 업그레이드하는 일이라는 것을.

폴 오스터는「왜 쓰는가?」란 제목의 에세이를 통해 자신이 글을 쓰게 된 다섯 가지 에피소드를, 직접 체험했거나 전해 들은 이야기의 방식으로 술회하고 있다.

1. 첫아이 해산 직전에 오드리 헵번이 주연한 〈파계〉를 텔레비전으로 보고 있던 여인이 둘째 아이를 해산하기 직전에도 공교롭게 〈파계〉를 보고 있었는데, 이번에는 첫 해산 때 못 본 부분을 끝까지 다 보고 아이를 낳으러 병원으로 갔다는 이야기.

2. 외딴 농가 한 채를 빌려 아이들과 휴가를 보내고 있었는데, 딸애가 난간을 헛디뎌 사고가 생기기 직전에 도저히 닿을 수 없는 거리에 있었던 소설가 자신이 달려가 기적적으로 아이를 받아 구한 이야기.

3. 열네 살 무렵 여름 캠프에 갔었는데 그곳의 작은 목초지에서 ‘나’와 친구가 철조망을 통과하다 (나는 멀쩡한데) 옆의 친구는

벼락을 맞아 죽은 이야기.

4. 포로와 경비병으로 만난 두 남자가 그로부터 수십 년 후 사돈이 되어 조우한 이야기.

5. 여덟 살 무렵 가장 좋아하던 프로 야구선수를 만났는데 주위에 누구도 연필이 없어 사인을 받지 못했던 이야기.

이런 에피소드들은 이 작가만이 접한 경이적인 이야기일까. 세계적인 이야기꾼인 작가가 가장 극적인 에피소드를 내놓아서 그렇지, 우리는 누구나 경이로운 이야기를 가지고 있다.

확률적으로 잘 설명하기 어려운 우연과 극적인 체험, 무시로 일어나는 삶에의 경의. 그리고 비단 이런 섬광처럼 떠오르는 이야기가 아니면 어떠랴. 우리 삶 자체가 모두 글감이고, 작가와 작가가 아닌 것의 차이는 글을 공개적으로 발표했거나 안 한다는 것일 뿐.

글을 쓰면 상황이 명확하게 보이고 성찰의 기회가 되며, 또 때로 직업적으로 쓸 수 있게도 된다. 그 밖에도 여러 가지 이점이 있지만, 가장 큰 미덕은 삶에 대해 발언할 수 있는 소통의 창이 생긴다는 바로 그 점에 있다.

마음속에 있는 책을 꺼내 써보자. 마음이 후련해져서 정신 건강에도 얼마나 좋은지. 반드시 대중적인 출판물, 혹은 문학적인 작품으로서의 책만을 말하는 것은 아니다. 자신의 삶을 글로 쓰는 모험 그 자체를 말한다.

작가 조이스 캐롤 오츠도 쓴다는 것의 경이를 다음과 같이 말하고 있잖은가.

우리는 고독한 이로 출발하고, 어떤 사람들은 사실 선천적으로 고독하다. 만약 끈기 있게 노력하고 낙담하지 않는다면, 우리는 시간, 공간, 언어, 민족 정체성이라는 인공적인 경계선을 초월하는 문학이라는 신비로운 대체 세계에서 위안을 찾을 수 있을 것이다. 이 예술활동은 개인의 고독으로부터 홀연히 나타나서 다채로워지며, 끝없이 매혹적이고, 언제나 진화한다.

조이스 캐롤 오츠, 『작가의 신념』

어떻게 하면 글을 쓸 수 있는가? 이런 물음 앞에서 나는 이렇게 말하고 싶다.

누구든 삶의 이야기를 쓴다는 계획을 세웠을 때 이에 적합한 길, 왕도를 찾기는 쉽지 않다. 자신이 생각하는 가장 간절한 이야기를 적으면 좋다는 것이 글쓰기 방법론의 가장 고전적인 충고다. 누구나 가슴 밑바닥에는 절절한 이야기가 한둘씩은 반드시 있는 법. 그 간절한 이야기를 적는다고 했을 때 나는 연전에 읽은

『나는 아버지가 하느님인 줄 알았다』라는 책에서 무명의 제인 애덤스가 쓴 다음 이야기가 떠오른다.

1930년대 미국의 대공황기. 아버지가 실직하고, 살고 있던 집마저 내놓아야 했던 무렵 당시 여섯 살이었던 '나'는 가족을 따라 캘리포니아 주로 떠나게 되었다. 농사라도 지으며 최소한 굶어죽지는 않으리란 판단에 따른 것이다. 갖은 고생 끝에 그들은 로스앤젤레스 어느 공원의 호숫가 근처에서 마중 나오기로 되어 있던 이모를 기다리게 되었다. 날은 어두워지는데 그녀는 오지 않고, 동생들은 배고프다고 칭얼댄다. 그때 한 노인이 어머니에게 언제 아이들을 데리고 집으로 갈 거냐고 물었다. 어머니는 먼 거리를 왔는데, 하느님과 친절한 사람의 도움으로 '좋은 일이 있을 것 같다'고만 대답했다. 그러자 노인은 자신의 차례인 것 같다고 하면서 지갑을 꺼내 2달러를 어머니에게 주었다. 그 돈이면 잠자리와 식사가 해결될 것이었다.

이 이야기를 생각할 때마다 나는 다만 '좁은 문만 열려 있어도 선행을 해야 비로소 인간'이라는 메시지를 떠올리게 된다.

단순하게 말해 인간이 먹고살기 위해 어떤 노동을 했으며, 무엇을 입고 어디에서 잤으며 하는 삶의 세목은 우리에게 큰 이야깃거리를 날마다 선사한다.

자신만의 이런 이야기를 진솔하게 적으라고 우선 말하고 싶다. 형식미, 체제 따지지 말고 독백조도 좋고 좋아하는 사람을 대화

상대자로 설정하여 쓰는 방식도 좋고, 일단은 말문을 트고 미흡한 대로 힘차게 시작해보라고 말하고 싶다.

전문가가 아니니 처음부터 끝까지 흐름을 갖고 쓰기는 어려울 것이다. 먼저 중요한 사건과 생각을 메모하듯 기록하는 것도 방법이다. 그리고 그 기록을 큰 줄기 삼아 세목은 채워가듯 그려나가면 된다. 초고를 마쳤다면 여러 번 반복해서 읽고 지나치게 설명이 늘어진 부분과 중언부언한 부분, 스스로를 미화시킨 부분을 찬찬히 수정해야 한다.

그 후에 자신을 이해하며 애정을 가진 친지에게 한번 읽혀보자. 글쓰기에 빠져 놓쳤던 오류를, 첫 독자가 되어준 제삼자는 객관적인 시각으로 발견할 수 있을 것이다. 이런 과정을 거치지 않으면 백일몽 같은 이야기가 그야말로 꿈속의 일같이 도취로만 흐를 수 있다. 그 다음에 글쓰기에 관한 책이나 전문가의 조언을 통해 실제 도움을 얻고 글쓰기 문제를 헤쳐갈 수 있다.

다시 강조하지만 글을 쓴다는 것은 자신을 돌아보는 것이고, 자신의 행위를 반성하는 것이다. 글쓰기는 우리 삶이 실패하지 않도록 조정해주는 역할을 한다. 내일의 우리 삶을 말해주는 것은 오늘의 삶, 그 자체다. 오늘의 우리 삶을 글로 써보자. 책을 출간해보자.

책의
존재 증명 1

책이란 대상은 어떻게, 어떤 모습으로 존재하는 것일까? 우리가 책이라고 할 때 떠올리는 그 어떤 물체는 제각기 다르다. 책이 다 다른 것과 같이 책이란 대상을 떠올릴 때 심상 속에 나타나는 대상들은 다 제각각이다.

책이라는 존재가 의미를 가지는 것은 독자들의 반응에 의해서다. 책은 그것을 쓴 사람의 심상과 논리를 되비춘다. 책을 통해 보면 우리는 그것을 쓴 사람의 속내와 논리를 역으로 들여다볼 수 있다. 그런데 이런 기능은 비단 책이 아니라 다른 매체에서도 할 수 있다. 여기에 책만이 오롯이 할 수 있는 기능이 하나 더 추가되는데 그것은 독자들의 심성과 논리까지 첨가되어 나타난다는 것이다. 단적으로 그것은 한 권의 책을 읽고 느끼는 감정 상태를 물어보면 다 같은 말을 하지 않는 것을 보아 알 수 있다. 물론 다른 예술 작품을 감상하고도 우리는 누구나 다 다른 반응을 하는 것 아닌가 하고 되물을 수도 있다. 그런데 책은 그 내포의 의미가 크기도 하거니와 읽는 주체가 적극적으로 반응하는, 즉 자극은 주되 간섭하지 않는 기능이 아주 크고 깊기에 반응의 스펙트럼에 있어 큰 편차가 발생한다.

엘리엇이 '안개'를 의인화하여 "유리창에 코를 비비는 노란 안개"라고 말하기 전까지는 인류 역사상 그 누구도 안개를 이렇게 보는 눈이 없었다. 책을 통해 비로소 다른 것을 보게 된 것이다.

인식의 전환이란 점을, 영국의 철학자이자 소설가 알랭 드 보통은 그림을 소재로 하여 날카롭게 지적하고 있다.

호퍼(화가 에드워드 호퍼)의 작품은 잠시 지나치는 곳과 집으로부터 멀리 떨어진 곳을 보여주는 것 같지만, 가만히 보고 있노라면 마치 우리 자신 내부의 어떤 중요한 곳, 고요하고 슬픈 곳, 진지하고 진정한 곳으로 돌아온 듯한 느낌을 받게 된다. 이것이 호퍼 그림의 묘한 특징이다. 그의 작품은 우리가 우리 자신을 기억하는 것을 돕는다. '우리 자신'을 잊는 것이 어떻게 가능할까? 문제는 실제적인 자료를 말 그대로 잊는 것이 아니다. 우리 자신의 완결성이나 행복의 느낌과 관련이 있는 것으로 보이는, 우리 내부의 어떤 특정한 부분을 잊는 것이다. 우리는 여러 가지 많은 자아를 가지고 있지만, 그 모두가 똑같이 '나'로 느껴지지는 않는다.

알랭 드 보통, 『동물원에 가기』

한 나라의 문화가 독자성을 갖기 위한 중핵中核은 그 문화가 고유한 서사성을 갖추고 있는가, 또 그 서사를 실어 나를 수 있는 안정적인 매체를 가지고 있는가 하는 점에 있다. 그 독자적인 이야기는 시일 수도 있고, 신화일 수도 있으며, 또 다른 창작물일 수도 있다.

이런 원천적인 이야깃거리가 없는 민족의 문화가 융성했다는 말은 들어보지 못했다. 개인이든 집단이든 우리 민족이 이런 이야깃거리를 가지고 있는 민족이라는 것은 자타가 인정하는 것이니만큼 이를 어떻게 안정적이면서도 발전적으로 매체에 담아 배포, 융성시킬 수 있을 것인가 하는 점이 문화 발전의 관건이 된다.

일본에서는 몇 해 전 초당파 국회의원 모임의 적극적인 의지로 '문자·활자문화 진흥법'을 만들었다. 이 법은 공립도서관을 늘리고 '언어력' 향상을 위한 학교 교육 강화 등을 골자로 하고 있다. 이들이 이런 법안을 만든 것은 영상매체와 컴퓨터 게임 등의 발전으로 국민의 읽고 쓰는 능력이 저하되는 것을 방치해서는 안 된다고 생각했기 때문이다.

이는 우리에게도 시사하는 점이 크다. 얼마 전 발표된 국민의 실질 문맹률 지표를 보여주는 OECD 문서해독 능력 비교에서 조사 대상 22개국 중 우리나라가 꼴찌를 기록했다. 또한 국가별 독서 시간 조사 결과에서도 30개국 중 꼴찌였다. 한 가지 다행인 것은 최근 우리 사회에서 책읽기의 효능을 입시는 물론 사회적 차원에서도 인식하기 시작했다는 점이다.

책을 읽는다는 것은 영상미디어를 통해 정보를 무차별적으로 수용하는 것과는 근본적으로 궤를 달리한다. 책 속으로 깊이 몰입할수록 우리는 더 많은 것을 얻을 수 있다. 책에 담긴 정보를 주체적으로 습득하는 과정에서 통시적·공시적으로 제한된 경험 세계를 확장시키고 사유의 깊이를 부여할 수 있다.

우리의 책 읽는 문화를 향상시키기 위해서는 구체적으로 어떻게 해야 할까? 먼저 도서관 문화를 바꾸어야 한다. 한국은 외형상 세계에서 11번째 출판대국이다. 그러나 공공도서관에 가보면 장서의 양과 질, 두 가지 면에서 너무나 형편없다. 따라서 무엇보다 공공도서관을 확충하고 콘텐츠 개발에 힘써야 한다.

콘텐츠가 10년 전과 똑같은 상황에서 무턱대고 도서관을 이용하라는 말은 성립되지 않는다. 도서관의 수준 높은 콘텐츠는 선진국의 지표가 된다. 좋은 교양도서를 공공도서관에서 2000권만 구입해주어도 출판사는 시장의 눈치를 보지 않고 사회에 꼭 필요한 책, 단 한 사람이 읽더라도 반드시 존재해야 하는 책을 출간할 수 있다.

　그렇게 된다면 우리는 굳이 개개인이 책을 사지 않더라도 세금으로 운영하는 공공도서관에서 필요한 도서를 대출해서 읽을 수 있을 것이다.

　아버지의 침실 안엔,

　덮개 이불 위에 펜글씨처럼

　가느란 청사靑絲

　커튼 위엔 청점靑點,

　청색 기모노,

　청색 플러시 끈 달린 중국 샌들,

　폭넓은 판자 마루엔

　사포로 닦은 듯 산뜻함.

　백색의 냅킨 같은 갓을 쓴

　맑은 침실용 유리등은

　아직 라프카디오 허언의

　『낯선 일본의 모습』 제2권 위에 놓여

　서너 인치 높여져 있다.

　그 책의 흰 올리브색 겉장은

　무소가죽처럼 상처투성이,

표지 안 백지면에는
'어머니가 로비에게.'
여러 해 후 같은 글씨로,
'저 책은 중국 양자강에서
심한 곤욕을 치렀음.
폭풍 속에서 열린 선창 밑에
버림받았음.'

로버트 로웰, 「아버지의 침실」, 『옛날의 불꽃』

책이 있는 풍경을 정밀하고도 사색적으로 그려낸 이 시는 읽을 때마다 깊은 울림을 준다. 나는 이 울림이 어디에서 연유하는 것인지 생각해보곤 한다.

먼저 아버지의 부재(전기적인 사실을 잘 몰라 확언할 수 없지만 이 시로 미뤄 짐작해보면 현재 아버지는 부재한다)를 대신하는 책이란 존재의 부각에 있는 것이 아닌가 한다. 구체적으로 예를 들면, 아버지가 기거하던 침실의 묘사는 앞의 8행에 불과하지만 아버지가 보던 책에 대한 묘사는 14행이나 된다. 그리고 그 책에 대한 묘사는 단지 아버지의 손때가 묻었다는 추상적인 개념에서 멈추는 것이 아니라 어머니가 아버지에게 바쳤다는 헌사와 함께 중국 양자강에서 함께 고초를 치렀다는 동질감에 대한 언급으로 더 높게 승화한다. 책은 곧 아버지의 어떤 부분이 되는 것이다.

그러면서도 책은 또 아버지가 아니라 어떤 다른 존재다. 아버지를 환기하면서도 책은 아시아 지역, 구체적으로 일본이란 나라—저자와 전체 권수 가운데 한 권이라는 구체적인 언급을 한 것을 보면 화자는 이 책에 대해 어느 정도는 이해를 하고 있는 듯한 느낌이 든다—에 대한 어떤 감상을 엿볼 수도 있게 한다.

여기에서 나는 프랑스의 대작가 프루스트의, 책에 대한 일절이 떠올랐다.

모든 독자는 자기 자신의 독자다. 책이란, 그것이 없었다면 독자가 결코 자신에게서 경험하지 못했을 무언가를 분별해낼 수 있도록, 작가가 제공하는 일종의 광학 기구일 뿐이다. 따라서 책이 말하는 바를 독자가 자기 자신 속에서 깨달을 때, 그 책은 진실하다고 입증된다.

알랭 드 보통, 『동물원에 가기』에서 재인용

책은 삶의 길라잡이 역할도 한다. 알랭 드 보통은 혼자서 알려고 할 때보다 책을 통해서 알려고 할 때 더 많은 것을 더 쉽게 얻을 수 있다고 적었다. 책이 삶의 길라잡이 역할을 한다는 사실을 이것보다 분명하게 말해주는 언설도 찾기 힘들다고 나는 생각한다.

책 속으로 깊이 몰입할수록 우리는 더 많은 것을 얻을 수 있다.

통시적 · 공시적으로 제한된 경험세계를 확장시키고 사유의 깊이를 부여할 수 있다.

운전을 해보면 명확히 알게 되는데 모르는 길을 가려면 내비게이션의 역할이 주효할 때가 있다. 책은 내비게이션의 역할을 한다. 초행길을 갈 때 내비게이션을 장착하고 가야 하듯이, 처음으로 맞닥뜨리는 상황, 모르는 상황에서는 책을 들여다보는 것이 필요하다고 나는 생각한다.

노벨상 수상작가 존 쿳시의 소설 『마이클 K』를 통해 책이 인생의 길라잡이가 되는 것을 새삼 깨닫기도 한다.

내란이 발생하여 주거의 자유가 없는 나라에서, 주인공 마이클 K는 정원사로 살고 있었다. 어느 날 잊고 있던 어머니가 연락해 온다. 애초에 입술이 기형으로 태어난 그는 상류계층의 하녀인 어머니와 떨어져서 혼자 살고 있었던 것. 어머니는 깊은 병이 들어 마지막 의탁처로 하나뿐인 아들을 찾은 것이다. 마이클은 인생의 마지막 날을 고향에서 보내려는 어머니를 위해 길 떠날 결심을 한다. 그러나 이동을 위한 허가서는 끝내 발급되지 않는다. 수레에 어머니를 싣고 길을 떠나는 마이클.

숱한 어려움 속에서 어머니는 결국 고향에 가지 못하고 목숨을 잃는다. 마이클은 재로 화한 어머니의 유골을 자신의 고향에 묻는다. 그는 이제 어머니가 하녀로 일한 고향의 그 옛집에서 살기를 원한다. 너무나 위험한 세상에서 너무나 지친 그는 움막을 짓고 마침내 동굴 속으로 들어가고 또 모든 사람의 기억 속에서 완벽하게 잊히고자 한다.

그리고 그 불모의 땅에서 마침내 '이데아적 정원'을 꿈꾼다. 그 소원은 다음과 같은 말로 표현된다.

"물은 어떻게 할 거요?" 하고 물으면, 마이클 K 자신은 호주머니에서 찻숟가락 하나와 기다란 실타래를 꺼낼 것이다. 그는 펌프의 파이프 입구에 있는 벽돌 조각을 치우고, 찻숟가락의 손잡이를 구부려 둥글게 만들어 거기에 실을 매달아 땅속 깊이 내려뜨릴 것이다.

그것을 들어 올리면, 숟가락에 물이 담겨 있을 것이다. 그러면 그는 이렇게 말할 것이다. "이런 식으로 살 수 있을 거지요."

갈증도 해소하지 못할 찻숟가락에 담긴 물로 연명하겠다는 이 백일몽은 그러나 나약하지 않다. 살아 있는 한 우리는 어디엔가 있어야 한다. 그곳이 현실체제의 안이거나 밖, 그 둘 중 하나여야 할까? 주인공은 자신을 옥죄는 현실체제에 대한 대안을 제시하는 것이 아니라 조용히 저항할 뿐이다. 존재는 흔적을 완전히 지울 수가 없다. 우리는 이 현실세계에서 온몸으로 살아내야 한다. 이 책은 현실세계를 온 힘으로 살아내야 하는 당위성을 잘 말해 준다.

책의
존재 증명 2

책을 영상으로 본다고 했을 때 책과 영상의 관계를 알아보자. 몇 해 전 노벨문학상을 수상한 작가 엘프리데 옐리네크의 대표작 『피아노 치는 여자』는 영화 〈피아니스트〉의 원작이다. 이 영화는 칸영화제에서 심사위원대상과 남녀주연상 등 3개 부문의 영예를 안은 문제작이다.

나는 이 영화와 원작 소설을 보고 읽었기에 원작과 영화 간의 상관관계에 대해서 많은 것을 느끼게 되었다. 이 과정에서 책의 존재 이유도 어느 정도 드러나지 않을까 생각했다.

간혹 어떤 소설을 읽고 나면 영화화하면 어떨까 하는 생각을 하게 되고, 어떤 영화를 보면 소설로 재구성하면 어떨까 하고 생각하기도 한다. 그런데 여기에는 어떤 인과관계가 작용한다.

원작을 먼저 읽었을 때와 영화를 먼저 보았을 때가 각각 다르게 작용한다. 그리고 원작을 감동적으로 읽은 경우에는 웬만해서 영화를 좋게 보기가 어렵다. 가령 밀란 쿤데라의『참을 수 없는 존재의 가벼움』같은 경우, 원작을 먼저 읽고 난 결과 영화를 보는 도중에 나오고 싶은 느낌이 들었다. 작가 자신도 자신의 소설을 포르노로 만들었다고 말했을 정도이니. 들리는 소식에 따르면 밀란 쿤데라는 그 이후 자신의 소설을 영화화하는 것을 일절 허락하지 않는다고 한다.

이런 유형의 작가로 가브리엘 마르케스도 있다. 무수히 많은 영화감독이 그에게『백 년 동안의 고독』의 판권을 팔라고 종용했지만 요지부동이라고 한다. 과연 누가 그 소설을 영화화할 수 있을지 귀추가 주목된다. 그에 반해 영화와 소설을 별개의 장르로 간주하여 원작을 어떻게 만들든 괘념치 않는 작가도 있다고 들었다.

『거미여인의 키스』의 작가 마누엘 푸익은 자신의 소설을 영화화하는 문제나 영화 제작에 관여하지 않는다고 한다. 얼마 전 감명 깊게 본 영화 〈아이리스〉는 영국의 유명 신학자이자 철학자인 존 베일리가 자신의 부인인 유명 작가 아이리스 머독의 일생을 쓴『아이리스』를 원작으로 한 것이다. 원작을 읽지 않고 영화를 본 경우였는데 큰 감동을 받았다. 분명 원작을 잘 살린 수작 필름이라는 확신까지 생겼다.

그렇다면『피아노 치는 여자』와 〈피아니스트〉의 경우는 어떠했을까? 열연을 펼친 여배우 이자벨 위페르에게는 미안한 말이지만 원작의 여러 가지 매력을 잘 살려내지 못한 경우라고 해야 겠다.

특히 원작의 다면적인 이야기 층위 가운데 성性과 관련된 부분을 집중 조명함으로써 원작의 가치를 많이 훼손했다고 본다. 물론 옐리네크는 성의 문제와 페미니즘을 자신의 많은 담론들 중심에 놓고 있는 작가로 알려졌다.

그러나 불행히도 성의 문제든, 페미니즘이든 그것 자체로 모든 것을 설명하기는 어렵다. 먹고사는 문제나 구원의 문제, 존재의 문제 등등을 떠나 그것 자체만을 보여준다고 할 때 일차원적인 단순화는 피할 수 없는 문제로 보인다. 그런데 여기서 생각해볼 중요한 사실이 발생한다.

나는 이 소설을 읽으면서 역겨운 묘사와 지나친 세부묘사 때문에 책장을 넘기기 어려운 적도 많았다. 지금도 이 소설을 읽던 순간을 생각하면 왠지 숨이 찬다. 그런데 저자의 메시지가 바로 이런 구역질을 유발하는 듯한 '작용' 바로 그 자체에 있다는 것을 알게 된 후 이 소설은 내 마음속에 현대의 고전으로 자리 잡게 되었다. 그런 소설을 두 시간짜리 영상으로 만들기란 사실 쉬운 일이 아니었을지도 모른다. 그러니 책을 볼 수밖에. 책은 내가 시간을 투자한 것보다 더 크게 보답해주니까.

책과 비디오의 차이는 무엇일까? 둘 다 시간을 쓰게 하고 즐길 수 있으며 그 과정에서 새로운 것들을 알 수도 있다. 그리고 그 새로운 것이 자기에게 아주 필요한 것일 수도 있다. 하지만 책과 홈비디오 사이에는 커다란 간극이 존재한다.

나는 여덟 살에 첫 책을 썼다. 노르망디 해변 홈게이트 휴양지에서 부모, 개, 누이와 함께 보낸 여름방학 일기였다. "어제는 별일이 일어나지 않았다. 오늘은 날씨가 좋다. 우리는 하루 종일 수영을 했다. 점심으로 샐러드를 먹었다. 저녁으로 송어를 먹었다. 저녁 식사 뒤에는 페루에서 황금을 찾은 사람에 관한 영화를 보았다." 1978년 8월 23일 수요일에 쓴 당시의 전형적인 일기다(난 독증에 걸린 것이 아니라, 영어를 배우는 중이라 글이 그 모양이다). 아주 좋은 의도와 단정한 글씨에도 불구하고 이 책을 도저히 읽어줄 수 없는 이유는 저자가 실제로 일어나는 일을 제대로 포착하지 못했다는 것이다. 송어와 날씨 이야기가 나오는 등 사실들이 나열되어 있기는 하지만, 이 그림에서 삶은 빠져나가고 보이지 않는다. 마치 사람 발과 구름만 나오는 홈비디오를 보는 것 같다. 관객은 어리벙벙하여 도대체 눈높이에서는 무슨 일이 벌어졌을지 궁금증을 느끼게 된다.

많은 글쓰기가 그런 식이다. 맞춤법은 시간이 가면 정확해지지만 우리의 의도를 제대로 반영하도록 단어들을 배열하는 데는 힘든 노력이 필요하다.

알랭 드 보통, 『동물원에 가기』

산다는 것은 인생을 이해하는 과정이다. 인생을 이해하기 위해서는 더 적극적으로 다가가야 한다. 그러나 우리의 이런 노력에는 일정한 한계가 따를 수밖에 없다. 나는 그래서 책이 고안되었다고 생각한다.

에두르지 말고 바로 나 자신의 예를 들어 이 점을 살펴보자. 1주일에 한 권도 책을 읽지 못한 때는 심한 정신적 갈증에 시달린다. 내가 출판 관련 일을 하고 있으므로 늘 책과 가까이하겠거니 생각하는 사람들은 이런 갈증에 대해 잘 이해하지 못한다. 그 사람들 중에는 책을 잘 읽지는 않지만 선량하고 경제적 능력 또한 뛰어난 사람도 있다. 그들은 말한다. "책을 많이 읽지 않는다고 잘못된 삶을 사는 것은 아니다. 지적 허영과 독서는 관련이 있다"라고. 정말 책을 읽는다는 것은 무슨 의미일까…….

사실 학창시절 나는 모범생 타입이었다. 이것은 자랑이 아니라 오히려 그 반대다. 지금 나는 그 당시 교과서에 쓰인 내용만 최고의 가치로 평가했던 자신에 대해 고해성사를 하고 있는 것이니까. 오직 한 권의 책만이 있던 그 시절의 끝에서 나는 세상에는 교과서가 아닌 다른 책, 즉 이본異本들이 무수히 많이 존재한다는 사실에 눈뜨게 되었다. 또한 책에 쓰인 활자에 대한 해석도 정석이라 할 한 가지 방식만이 아니라 여러 가지가 가능하고, 활자로 확정돼 있는 글의 성격 속에 모호성과 글 자체가 지닌 긴장과 명백히 존재하는 분위기가 사전적 해설 그 이상일 수도 있다는 것을 서서히 인식하게 된 것이다.

나는 그 시절 왜 우리가 상고사, 역사 이전의 역사를 배워야 하는지 이해할 수가 없었다. 몇백만 년 전의 역사를 제한적인 사료와 유물 등을 통해서 아는 것이 오늘의 삶과 무슨 관련이 있는지 알지 못했던 것이다. 아침에 눈 뜨면 해야 할 공부와 과업이 떠오르고 그것들을 하다 보면 어느새 하루가 저무는 나날의 일상, 그것들에 직접적으로 관여하지 않는 역사가 무슨 소용인가 하고 거칠게나마 생각했던 것이다.

그러나 앞서 말한 이본을 한 권 한 권 알아간 결과 결국 사람살이의 모습은 나날의 생존과 안전을 추구하는 것이 최대의 과제였을 고대인이나 오늘을 사는 현대인이나 별반 다를 것이 없다는 사실을 깨닫게 되었다. 최소한 다른 요소보다 같은 요소가 더 많다는 사실을 알게 되었다. 또 시간과 공간을 뛰어넘어 15세기 프랑스 시인 프랑수아 비용의 시를 읽으면서 카드빚이나 정신적 빈곤에 시달리는 현대인의 문제가 몇백 년 전부터 고스란히 유전돼 온 것을 알 수 있었다.

이제 앞서 제기한 물음으로 돌아가자. 왜 책을 읽어야 하는지는 우리 삶에 결여된 무엇이, 한마디로 욕망이라고 하기보다는 어떤 빈틈이 있기 때문이라고 나는 생각한다. 아니다, 그 빈틈을 욕망이라고 불러도 좋고 재미없는 일상이라고 해도 좋고 회의하는 인간의 본성이라고 해도 좋을 것이다. 하여튼 더 나은 상태를 바라지만 채워지지 않는 빈 공간이 우리를 책읽기로 추동한다고 나는 믿는다.

그런 나에게 현재 무슨 책을 읽는가 하는 물음은 참으로 덧없다. 책은 의상이 아니기 때문이다. 그렇듯 반드시 입고 걸칠 필요는 없지만 없어서는 안 될 존재가 책이다. 책의 선택이 중요하다는 것은 책 자체가 지닌 강요하지 않는 이런 성격에서 나온다.

책을 읽지 않아도 사는 데는 아무런 지장이 없다. 또 책을 읽지 않고도 즐겁게 살 수가 있다. 그런데 바로 이런 점이 책의 선택에 가장 중요한 사실이리라. 먼저 한 권의 책을 산다면 당신의 귀중한 재화가 그만큼 줄어든다. 그 외에도 책을 보는 데에는 적잖은 시간이 필요하다. 따라서 책이 주는 효용이 적어도 앞서 말한 비용들보다는 높아야 손해 보지 않은 거래였다고 위안받을 수 있을 터이다.

적어도 책은 그것이 어떤 책이든, 그것을 펴든 당신이 지금 어디에 살고 어느 시대에 살고 있는가 하는 두 가지 점에서 인식의 눈을 던져준다. 한 권의 책을 펴드는 모험이 당신의 영혼을 풍요롭게 해주는 사이, 그 여행의 처음으로, 모든 여행이 그러하듯이 되돌아와 또 다른 책으로의 여행을 당신은 금방 그리워할 것이라고 확신한다.

한 인간의 삶에서 책이 차지하는 중요성이 크다고 해도 이를 사물화하여 우상처럼 보는 데는 반대다. 내가 말 그대로 완전한 책벌레가 되지 못하는 것은 바로 이런 이유에서다. 그럼에도 책 속에 무엇이 있는지 서문이나 목차, 주요 내용 정도는 알아놓아야 언젠가 유용하게 사용할 수 있다는 것이 내 생각이다. 우리는 책 못지않게 그것의 사용에 대해 연구해야 한다고 생각한다.

책을 사용한다고 했을 때 머리에 베고 자는 방식보다는 그 안에 있는 내용을 활용하는 방식에 눈떠야 한다. 순수한 수집가들—앞서 말한 것처럼 똑같은 책을 두 권씩 사서 한 권은 열람용, 한 권은 소장용으로 갖고 있던 책 마니아들—이라면 오늘날과 같은 책의 범람에 대해서 개탄했을지도 모르겠다. 그렇다고 해도 책이 지닌 함의는 예나 지금이나 매한가지니 이는 마땅히 유념해둘 점인 것 같다.

　재주는 부지런함만 못하고, 부지런함은 깨달음만 못하다. 깨닫는다는 한 글자는 도덕의 으뜸가는 부적이다. 옛 사람의 책 가운데 경전과 역사책 종류 같은 것은 한 글자도 허투루 지나쳐서는 안 된다. 그 나머지 책 중에 자질구레한 것이라도 하나하나 정밀하게 궁구하여 심력을 나눌 필요가 없다. 가령 한 권의 책이 대략 60, 70장쯤 된다고 치자. 그 정화로운 것을 추려낸다면 십수 장에 불과할 것이다. 속된 선비는 처음부터 다 읽지만, 정작 그 핵심이 있는 곳은 알지 못한다. 오직 깨달음이 있는 사람은 손 가는 대로 펼쳐 봐도 핵심이 되는 것에 저절로 눈에 가서 멎는다. 한 권의 책 속에서 단지 십수 장만 따져보고 그만둘 뿐인데도 그 효과를 보는 것은 전부 읽은 사람의 배나 된다. 그래서 다른 사람이 두세 권의 책을 읽고 있을 때 나는 이미 백 권을 읽고, 효과를 보는 것 또한 남보다 배가 되는 것이다.

홍길주, 『수여방필』. 정민, 『책 읽는 소리』에서 재인용

　아직 두세 권의 책을 읽고 백 권의 효과는커녕 한 장의 이해 정도밖에 못하는 나로서는 이런 경지가 그저 부러울 따름이지만, 그런 이유에서라도 한번 따라해볼 필요는 있을 듯하다. 우리는 적극적으로 책을 발견해야 한다. 물론 이런 말만으로 책의 발견

이 이뤄지는 것은 아니지만 그런 노력들은 책에 대한 이해 증진에 큰 거름이 되는 법이다. 사실 책을 보지 않고 책을 발견할 수는 없고, 또 조금조금 책을 보는 사이에 저절로 어떤 '도'가 생긴다는 우리 선인들의 말을 귀담아볼 때, 책읽기에 무슨 왕도 운운하는 광고 문구에 현혹될 일은 아닌 것이다.

서양의 책의 역사를 살펴보면 책이란 파피루스라는 의미를 지닌 비블리오스biblios에서 파생된 단어다. 파피루스는 나일강 유역에서 고대부터 오늘날의 종이 대용으로 사용된 식물 파피루스에서 비롯했다. 그러던 것이 기원후 두루마리 형태를 벗어나 낱장들을 묶기 시작한 코덱스codex 형태로 발전했는데, 이로써 오늘날 책의 모습과 가장 흡사한 책이 등장했다고 할 수 있다.

코덱스의 출현은 서구 문화사에서 그야말로 혁명에 해당하는 사건이다. 코덱스, 즉 '사각형의 페이지들을 묶은 형태의 책'에 대해 최초로 언급한 것은 84~86년경(서기) 시인 마르티알리누스였다. 코덱스는 즉각적인 성공을 거두었다. 코덱스는 탁자 위에 올려놓고 글을 쓸 수 있을 뿐 아니라 원하는 곳을 찾아 읽을 수 있다는 점에서 두루마리보다 훨씬 편리했다.

또한, 기독교인들은 두루마리에 투라모세의 경전를 기록하는 유대인들과 구별되기 위해서는 단연 코덱스를 채택했다. 코덱스 형태로 된 성서에 대한 언급이 나타나기 시작하는 것은 2세기경부터이다.

소피 카사뉴-브루케, 『세상은 한 권의 책이었다』

두루마리 형태에서 묶음 형태로 발전하면서 흔히 페이지라고 하는 쪽수가 등장하고, 장의 묶음이 생겨나고, 목차가 파생되고 일러두기 형태가 생겨나기 시작했다. 그러나 이런 코덱스를 바로 책이라고 부르기는 어렵고 성서의 보급과 함께 시작된 필사본의 성행부터를 본격적인 책의 시작이라고 할 수 있겠다.

필사본은 손이 많이 가는 작업으로, 필사함으로써 기독교적 천국에 다가간다는 의미가 내재되기도 한 책의 형태였다. 그러나 필사본은 한정적인 책이므로 새로운 욕구가 생겨났다. 저절로 대량 생산의 필요성이 대두된 것이다.

중세에 책의 제작과 보급이 본격화하면서 오늘날과 유사한 형태의 필경사(식자공), 양피지 제조업자(제본공), 채색장식가(삽화가), 제본공과 같은 동업조합이 이뤄졌다.

책의 수효가 증가하자 이에 부응하기 위해서 페시아^{pecia}라고 부르는 시스템이 유럽의 큰 대학 도시 주변에 정착되었다. 페시아 시스템에 따르면 대학 당국이 어떤 서적의 필사를 주문받으면, 우선 교정을 하고 원본과 차이가 없음을 검토하여 승인한 공식 사본인 엑장플라^{exemplar}를 서적상에게 일임한다. 서적상은 낱장의 묶음이나 책의 일부(라틴어로 페시아)를 떼어내어 학생이나 필경사에게 자율적으로 맡길 권한이 있고, 필경을 맡은 이들은 그것들을 가져가서 필사 작업을 한다. 매우 값싼 작업 방식인 이 시스템은 작품 전체를 한곳에만 묶어두지 않도록 하는 동시에, 하나의 텍스트를 여러 복사본들로 만들어냈다.

브뤼노 블라셀, 『책의 역사』

필경사가 동원되면서 책의 대량 생산의 길은 점차 열리기 시작했다. 앞의 글을 보면 오늘날과 같은 책 편집 과정이 여실하게 드러나 있는 것을 알 수 있는데, 이런 편집 방식을 통해 책의 복제가 이뤄지기 시작했다. 물론 이런 방식에 만족할 수 없었기에 한층 더한 대량 생산의 필요성은 필연적으로 인쇄술의 발전을 불러왔다. 그리고 인쇄술이 발전함에 따라 책의 의미는 부의 척도와 지성의 척도에서 삶의 양식의 하나로, 정보 전달의 수단으로 바뀌게 된다. 범박하게 말해 그렇다는 말이고 이 과정도 복잡하다. 먼저 인쇄술의 발전 과정을 살펴보자.

인쇄술의 발전은 종이의 발명이 전제되어야 가능한 것이었다. 양피지나 파피루스에 대량 인쇄를 하기는 불가능하지 않은가. 종이는 서기 2세기 중국에서 발명된 것으로 이슬람을 통해 유럽으로 건너와 3세기에 이탈리아로 전해졌다. 종이의 발명은 책 제작 단가를 떨어뜨린 인쇄술의 본격적인 발전을 추동하여 필사본 책들의 대부분을 인쇄본으로 바꾸었다.

구텐베르크의 인쇄술 발명 이전에 대량 인쇄 방식은 나무 등을 볼록하게 판각한 목판 등을 사용하여 복제하는 방식이 주종을 이뤘다. 금속활자는 14세기 우리나라에서 최초로 사용한 것으로 알려져 있다.

구텐베르크의 『4행 성서』는 1455년 인쇄 활판술의 기념비적 저작물로, 본격적인 대량 인쇄술의 시작이라는 의미를 갖는다. 그러나 그의 인쇄술의 발명에는 과연 그의 독창성을 인정할 수 있는가 하는가가 논점이 되고 있다. 여하튼 그의 동료들에 의해 유럽 각국으로 순식간에 인쇄술은 전파되었고, 리옹과 앙베르, 제네바 등지에서 인쇄술은 순식간에 눈부신 발전을 이뤄 오늘에 이르고 있다.

단지 쓰인 글과 인쇄된 글 사이에는 어떤 화학작용이 일어나는 것일까? 대문호 보르헤스는 "인쇄된 사진과 글자는 실제 사물보다 훨씬 사실적이었지요. 그래서 단지 인쇄 매체를 통해 공표된 것만이 진실했다고나 할까요? 존재하기 위해서는 사진으로 찍어

두루마리 형태에서 묶음 형태로 발전하면서 쪽수가 등장하고, 장의 묶음이 생겨나고, 목차가 파생되고
일러두기 형태가 생겨나기 시작했다. 대량 생산의 필요성은 필연적으로 인쇄술의 발전을 불러왔다.

야 한다는 게 세계에 대한 우리의 유일무이한 개념이었지요"『삼인
삼색 미학 오디세이 3』에서 재인용 라고 말하고 있다.

책의 미래를 생각해보면 현재 책의 수용이 어떻게 이뤄지고 있
는지가 문제가 된다. 오늘날 책은 읽기와 검색이라는 두 가지 측
면에서 전 시대와 달리 독점적 지위를 잃어버렸다. 검색은 컴퓨
터가, 매뉴얼 등 정보는 전자사전 같은 멀티미디어 기기가 더 빠
른 시간 내에 정보의 바다로 안내하고 있는 것이 현실이다.

일본에서 발행되는 출판 전문 계간지 〈책과 컴퓨터〉 2004년 여
름호에 실린 사토 도시키(도교대학 종합문화연구소 조교수)의 「책
은 아직 생기지 않았다」라는 조금은 도발적인 글을 읽고 내 논지
가 영 잘못되지는 않았다는 생각을 했다. 아니, 상당 부분 자신감
을 얻었다.

사토 교수는 그 글에서 "예전에는 책이 파노라마처럼 시각이나
청각, 후각을 전달하는 유일한 수단이었다. 따라서 활자책이 주
요한 매체가 되었다. 그런데 영상 미디어나 음성 미디어가 발달
하자 책이 아니더라도 청각이나 후각을 효율적으로 기록하거나
전달하는 수단이 생겼다. 독자의 입장에서 보면 굳이 활자가 이

들 감각을 재현하지 않아도 된다. 그렇다고 '책 읽는 힘'이 없어졌다고 업신여기는 자세는 옳지 않다. 인쇄술이 보급되기 전의 인간, 다시 말해 문자를 멀티미디어로 읽는 사람들에게는 색채나 향기나 촉감을 활자로 느끼는 '읽기 쓰기'야말로 감정의 타락으로 보일 것이다. 인간의 감각은 바뀌지 않았지만 책에서 무엇을 느끼는가는 미디어의 위치에 따라 바뀔 수 있"다고 지적했다.

맞다. 인간의 감각이 바뀐 게 아니라 책에서 느끼는 것이 달라졌다고 보아야 한다. 정보를 생산하고 소비하는 시스템이 달라지고 휴대전화가 정보 송수신의 '제왕'으로 올라선 지금 책의 위상이나 위치는 분명 달라졌다. 마땅히 책도 존재론적인 질문을 수없이 되새겨야 한다.

한기호, 『디지로그 시대 책의 행방』

멀티미디어 시대에 책의 위상이 전과 달라진 데에는 전 시대에는 책의 눈으로 포괄할 수 있던 관점들이 그만큼 다변화했다는 이유가 있기도 하지만 내재적으로는 책을 읽는 방식이 '모두 읽기'에서 '부분 읽기'라는 방식으로 변경된 데 그 주된 이유가 있다. 앞의 글의 표현대로라면 인간의 감각은 바뀌지 않았는데 책에서 무엇을 느낄 수 있는지에 대한 관점은 변경된 것이다. 실제로 다른 매체에서 전 시대의 책이 구현했던 것을 더 잘 구현하는 것들도 있다. 그러다 보니 책의 위기가 과장되는 측면도 발생했다.

그럴 때마다 나는 한 권의 책은 형식과 내용의 측면에서 구성되
는데, 이 두 측면을 동시에 지닌 매체라면 그것이 종이에 실려 있
든 디지털 형식에 실려 있든 그 점이 절대적인 것은 아니라는 것
을 주장하곤 한다. 형식과 내용을 가진 정보, 이 모두가 책이라는
것이 나의 관점이다.

독서가 무형의 자산을 일구는 행위인 것은 책의 역사가 계속되
는 한 언제나 그렇다. 책은 삶을 거듭 살게 하는 거의 유일한 그
무엇이다. 독서는 그냥 읽는 행위가 아니라 주체가 반성하고, 성
찰하는 가운데 타인과 만나는 장場이다.

미국의 심리학자인 제임스 힐먼은 어린 시절에 이야기를 직접
읽었거나 다른 사람이 읽어주는 것을 들으면서 성장한 사람들이
이야기를 줄거리로만 듣고 자란 사람들에 비해 예지력이 훨씬 뛰
어나고 정신 발달 상태도 더 낫다고 주장했다. 일찍부터 삶을 경
험한다는 것, 그것은 이미 인생에 대한 전망을 얻는 것이다.

알베르토 망구엘, 『독서의 역사』

책은 거듭해서 읽어야 한다. 언젠가 한 번 보았던 책도 다시 읽

어내는 가운데 많은 것들을 새로 얻을 수 있다. 그 이유는 이렇다.

첫째, 책을 읽을 당시에는 자신의 지식이 못 미쳐 보지 못했던 부분을 다시 볼 수 있기 때문이다. 둘째는 인식이 못 미쳐서 못 깨달았던 것을 다시 깨달을 수 있기 때문이다. 마지막으로는 자신의 철학이 못 미쳐 구할 수 없었던 지혜를 다시 구할 수 있기 때문이다. 발터 벤야민도 이와 유사한 경험을 이렇게 표현했다.

내가 처음으로 읽었던 책들이 나에게 어떤 존재로 와닿았느냐 하면, 그걸 기억하려면 먼저 책에 대한 모든 다른 지식을 망각해야 할 정도였다. 오늘날 내가 책에 대해 알고 있는 모든 것은 그 당시 책을 향해 내 자신을 열었던 마음가짐에서 비롯되었음이 분명하다. 하지만 지금은 내용과 주제, 그리고 소재 따위가 책의 물리적인 면과는 무관하게 받아들여지는 데 반해 초기에는 그런 것들이 전적으로 책의 물리적인 특성 안에 들어 있는 것만 같았다. 어릴 적에는, 오늘날 책의 쪽수나 종이의 질이 책의 물리적인 특성과 떼어놓을 수 없는 것만큼이나 내용과 주제, 소재 따위도 책과 뗄 수 없는 관계처럼 인식되었던 것이다. 책 속에 펼쳐지는 세계와 책 그 자체는 어떠한 일이 있어도 분리될 수 없었다. 그래서 모든 책에는 내용 역시 언제나 손에 만져질 듯 그렇게 담겨 있었다. 그와 마찬가지로 책의 내용과 이 세상은 책의 구석구석에서 서로 맞물려 찬란하게 빛을 발했다. 책의 내용과 이 세상은 책 속

에서만 불타는 것이 아니라 책 바깥으로까지 불길을 피워 올렸
다. 그런 것들은 단순히 책의 장정이나 그림에만 담겨 있는 것이
아니었다. 각 장의 표제와 서문, 절節, 그리고 단락 속에도 간직
되어 있었다. 누구든 책을 독파하지는 못한다. 어느 대목에 한참
머물며 맛을 음미했어도 어느 정도 시간이 지나 다시 그 부분을
펴보면 당신이 눈길이 머물렀던 그 문장의 새로움에 깜짝 놀랄
때도 있지 않은가.

『독서의 역사』

　이런 책읽기를 단지 아우라에 함몰된 어느 책 마니아의 여흥으
로만 치부할 수 있을까.

책을 잘 읽기 위한 계명들 1

　책을 잘 읽기 위해서는 책을 잘 알아야 하고, 책을 잘 알기 위해서는 또 책을 많이 읽어야 한다. 내 경우 책을 잘 읽는다고 했을 때, 특별한 방법이 있는 것은 아니지만 경험적으로 책에 대해서 느끼는 몇 가지 것들이 있다. 그런데 이런 경험에서 나온 방식들이 반드시 누구에게나 동일하게 적용되는 것은 아닌 듯하다. 주위에서 책읽기에 대한 조언을 많이 요청받는데, 말해주고 나면 매번 허탈한 기분에 사로잡힌다. 그것은 아마 책읽기가 지닌 개별적인 특성 때문은 아닌가 한다.

　책읽기의 속성에서 '개인적인 체험'이란 점은 아주 중요하다. 물론 책이라는 텍스트가 어디 가는 것은 아니지만 책은 개개인의 독서라는 방식을 통해서만 사용된다.

　따라서 독서가 지닌 이 같은 성격 때문에 책읽기에 대한 조언들은 언제나 듣기 싫은, 옳은 소리로만 간주되어 들릴 가능성이 높다. 시간을 염출해서 책을 읽어야 한다, 책읽기에도 때가 있다, 읽을 수 있는 책의 수량은 한정되어 있으므로 검증된 책만 읽어야 한다, 책을 가까이하는 생활 습관을 길러라, 책으로 문제를 해결하는 습성을 길러라, 독서 일기를 적어보라, 책을 적극적으로 사용하기 위해 메모하는 습관을 기르고 밑줄을 그어보라. 속독법, 정독법 등등.

물론 나 자신도 책읽기에 대해서 말하는 책들을 적극적으로 읽고 여러 가지 따라해보기도 하고 또 책의 내용을 비판도 해보곤 하였다. 그런데 현재까지 잠정적으로 느끼는 것은 역시 책에서 또는 책 읽는 행위에서 직접 즐거움을 찾아내는 것보다 나은 방법은 따로 없다는 것이다.

즐거운 책읽기는 그렇다면 어떻게 가능해지는가? 예컨대 단순하게 스포츠 경기나 통상 게임이라고 하는 것들을 예를 들어 생각해보자.

경기가 단지 이기기 위해 하는 것이라는 주장도 있을 수 있지만, 그리고 이기는 경기만 재미있다고 하는 주장도 있을 수 있지만 진정한 마니아 혹은 팬이라면 경기 자체를 즐길 수 있어야 한다. 오히려 이기지 못하는 경기에서 더 큰 의미를 발견할 수도 있는 법이다. 그리고 스포츠 경기에서 나온 말이지만 '오늘은 그대가 곰을 이기지만 어느 날은 곰이 그대를 이길 수도 있는 법'이다. 따라서 언제나 이기는 게임을, 혹은 지고 있더라도 역전의 상황만을 그리워하면서 경기를 관람해서는 안 되는 법이다. 독서에서도 이 점이 중요하다. 독서가 큰 즐거움을 주는 행위라는 것을 알기만 하면, 굳이 따지자면 독서에는 때가 따로 없는 법이다. 늙어서 봐야 할 책이 있고, 젊어서 봐야 할 책이 있다. 또 책이 재미있으면 밑줄을 긋게 되고, 메모도 하게 된다. 그리고 인상 깊게 본 책은 인생에도 큰 자양분을 공급해주는 법이다.

그리고 나 자신을 돌아봐도 독서가 즐겁지 않았던 때는 청탁받은 글을 쓰기 위해 의무감으로 읽어야 했던 독서 경험들 말고는 별로 떠오르지 않는다. 독서는 일상적으로 먹고 자고 하는 행위처럼 내 삶과 꼭 붙어 있다. 그와 동시에 큰 즐거움과 위안을 주고 있는 것이다.

즐거운 책읽기 외에 굳이 책의 사용과 관련해서 내가 첨언할 것이 있다면 앞서 말했듯이 독서가 개인적인 체험이므로 룰에 대한 강박에서 벗어나라는 것이다. 사실 책읽기가 즐거움이 되는 과정은 쉽지 않다. 무엇보다 바쁜 일상에서 시간을 내기도 힘들고, 또 어렵고 재미없는 책도 읽어야 할 때가 있는데 책을 잘 읽어내고 책읽기가 전문인 사람들처럼 그렇게 책이 뇌리 속에 인식되기까지는 솔직히 지난한 과정이 필요한 법이다.

건조한 현실을 위한 책들을 의무적으로 봐야 했을 때 나는 그 책읽기가 끝나자마자

고전을 펴들어 균형을 잡으려 노력했다. 즉 책으로 책을 해독하는 행위라고나 할까.

따라서 책을 잘 읽어내기 위해서는 책을 잘 아는, 그 방면의 전문가들을 멘토로 삼을 필요성이 있다. 그런데 이럴 경우 이 멘토가 사람이라면 좋겠지만 꼭 사람이 아니더라도 괜찮다는 것이 내 생각이다. 얼마든지 책을 길라잡이로 해서 또 다른 책을 읽어낼 수가 있기 때문이다. 먼저 서점에 가보면 책에 대한 책들이 많이 출간되어 있는 것을 볼 수 있지만 그리고 일정 몫의 그런 책들이 가이드 역할을 하는 것도 사실이지만, 그런 책들이 중요한 것이 아니라 난이도와 흥미 유발의 정도에 따라 여러 층위의 책들이 존재한다는 점을 먼저 머릿속에 넣어둘 필요가 있다. 내 경험으로는 지난날 무턱대고 어려운 책에 먼저 손을 대었다가 혼비백산한 적이 한두 번이 아니었다. 어려운 책을 이해도 못하면서 들고 왔다 갔다 하다 제대로 서문도 안 읽고 놓은 적이 있는 사람이라면 이런 내 이야기에 공감할 수도 있을 듯하다.

책을 멘토로 삼아 다른 책을 잘 본다는 것은 어떤 의미일까? 여기에서 교육과 고전 이해의 중요성을 알아볼 필요가 있다.

교육의 필요성을 논할 때 흔히 "학문을 닦고 인격을 도야한다"는 말을 한다. 여기 도陶란 "도자기를 굽는다"는 뜻이요, 야冶는 "쇠를 뽑는다"는 뜻이다. '도야'는 한낱 흙덩이를 구워 도자기로 변모시키고, 돌가루를 가열하여 쇠붙이로 변화시키는 것이다. 잘 구운 고려청자는 보석보다 비싼 값으로 대접받고, 수십 번 담금

질 된 명검은 천 년 세월이 흘러도 날카로움을 잃지 않는다.

사람도 그러하다. 위대한 말씀이나 책을 접하고 난 사람은, 그 이전의 그 사람일 수가 없다. 겉으로야 그 사람이 그 사람이겠으나 속은 완전히 새 사람으로 '변모' 해버리는 것이다. 이것이 인격을 도야하고 난 후의 사람 모습이다. 흙으로 빚은 그릇이 불가마에서 뜨거운 불기운을 이겨내고 나면 이미 '흙그릇' 이 아니라 '자기그릇' 이듯, 위대한 책을 접하고 난 사람 역시 그러하다. 우리는 그 위대한 책을 달리 '고전' 이라 이른다. 고전은 사람을 극적으로 변모시키는 가장 강한 불이요, 또 오래 타는 땔감이다.

공지영 외, 『나의 고전 읽기』

책읽기의 멘토로서 고전만 한 책이 없다는 것이 내 생각이다. 고전을 읽지 않고 독서의 기초를 말할 수는 없는 법이다. 건조한 현실을 위한 책들을 의무적으로 봐야 했을 때 나는 그 책읽기가 끝나자마자 고전을 펴들어 균형을 잡으려 노력했다. 즉 책으로 책을 해독하는 행위라고나 할까. 그런데 이런 고전 읽기를 통해 나는 책읽기의 상위한 층위들을 파악하면서 또 다른 책읽기의 차원을 꿈꾸기 시작했다.

책을 고를 때 무엇보다 중요한 것은 자신이 정말로 궁금해 하는 것이 무엇인지를 스스로에게 질문해 알아내는 것이다. 그리고 그에 따라 책을 선택해야 한다. 그것을 모르겠거든 도서관이나 서점에 나가 책을 구경해보라. 책을 구경하다 보면 자신이 가장 읽고 싶어 하는 책이 무엇인지 알아내는 데 도움이 될 것이다. (…)

자신이 가장 궁금해 하는 내용의 책은 독서에 대한 흥미를 불러일으킬 것이다. 자신이 '알고 싶은 것을 안다'는 것은 독서에서 매우 중요하다. 독서를 잘하기 위해서는 적극성이 필요하고, 적극성을 가지기 위해서는 의욕이 있어야 한다. 그런데 그 의욕을 불러일으키는 것이 바로 '궁금증'이다. 알고 싶은 것이 무엇인지를 안다는 것은 독서의 목적이 있다는 것이며, 뚜렷한 독서의 목적이 있을 때 책 내용를 적극적으로 받아들이고 검토할 수 있다. 자신의 지적 욕구에 가장 충실한 독서야말로 최상의 독서다.

박민영, 『책 읽는 책』

'자신의 욕구에 가장 충실한 독서'는 나의 꿈이기도 하다. 책읽기는 자신과 벌이는 일종의 심리전이다. 독서를 통해 자신을 알아내는 과정은 또 그만큼 즐거움을 준다. 세상에는 자기보다 더 중요한 것도 많지만 그것도 바로 자기 자신에서 출발한다.

또한 독서는 매순간 선택이 중요한 화두가 되는 행위다. 무슨 책을 골라 볼 것인가는 사실 독서 행위의 거의 모든 것이라고도 할 수 있다. 앞 글의 저자는 자신의 지적 욕구에 충실하라는 말로 표현했지만 자신의 지적 욕구를 알아내는 과정에서도 책읽기는 필요한 법이다.

자신의 끌림에 따라 한 권의 책을 골랐다면 그 다음으로 준비해야 할 태도는 어떤 것일까? 나는 그것을 자신이 고른 한 권의 책을 다 써버리려는 마음가짐이라고 생각한다. 사놓기만 하고 모셔놓고 들추지 않으면, 안 사놓고 안 보는 것과 마찬가지로 이는 진정한 독서인의 자세는 아닐 것이다. 곁에 두고 한사코 펼치려는 노력을 게을리하지 말아야 한다. 사실 시간 있을 때 책을 본다고 하지만 오늘 우리의 삶을 들여다보면 누구나 비축해놓은 시간이 따로 없는 법이다. 따라서 책의 전부를 다 사용해보겠다는 마음가짐이 다시 한 번 요청되는 것이다.

책을 완전히 사용하기 위해서는 자신의 관심사와 눈높이를 고려해야겠지만 책의 아우라에 함몰되어서도 곤란하다. 이즈음은 워낙 책이 많아져서 책을 신성시하는 태도도 많이 사라졌지만, 우리의 교육 환경에서는 학습용이 아닌 책을 잘 보기 어려운 것도 사실이다. 따라서 독자 우위의 책읽기의 중요성을 강조할 필요가 있다고 느낀다.

독자 우위의 책읽기란 책이라는 창백한 대상을 자기 것으로 만들기 위한 노력의 일환으로, 책을 다소 만만히 보고 마치 기계의 부속품처럼 책의 세부를 뜯어보는 행위다. 그것은 숲을 보고 동시에 나무를 보는 일과도 같이 어려운 책은 밀쳐두고 쉬운 책에서부터 책읽기를 시작함으로써 독자의 시각을 정립할 필요가 있다는 요청에 다름 아니다. 다만 여기에서 세상에 있는 모든 책을 다 이런 시각, 또 이런 방식으로 읽어서는 안 된다는 점을 부연해야 마땅할 것이다.

　어떤 책의 내용이 잘 해독되지 않는 날이면 나는 망설임 없이 그 책을 밀쳐두고 또 다른 독서의 즐거움을 추동하는 책을 펴든다. 그렇다면 그 책은 잊어버린 것인가? 그렇지 않다. 나는 책에 대한 또 다른 책의 환기가, 문제의 독서의 길이 막혀버린 책을 잘 읽어내는 첩경이라는 것을 경험을 통해 알게 되었다.

　지루해지거나 어려워지면 문제의 그 책을 덮어라, 하는 것이 이 장의 끝에서 내가 하고 싶은 충고다. 어려운 책을 덮어놓고 쉬운 책, 즉각적인 즐거움을 주는 책으로 돌아가라는 말은 한꺼번에 책의 내용을 정복하려고 해서는 안 된다는 의미다. 시간이 흐른 후 다시 읽으면 책의 내용이 새롭게 다가온다는 의미다.

　이 점과 관련하여 이런 주장도 있다.

　가장 불행한 독자는 인쇄된 문자 외에는 다른 것을 읽지 못하는 사람이다. 인쇄된 문자와 문자 사이의 여백에는 저자의 생각도 숨겨져 있지만, 독자의 생각도 숨겨져 있다. 그것을 발견하는 독서를 해야 한다. 문자 기호를 해독하는 것도 중요하지만, 그에 못지않게 그를 통한 자신의 사색이 중요하다.

　사색하지 못하는 독서가는 무지한 농부보다 나을 것이 없다. 만약 독서가 자신의 생각을 발견하는 과정이 아니라 다른 사람의 생각을 수용하는 것에만 머문다면 독서의 즐거움은 오래가지 못할 것이다.

『책 읽는 책』

책을 잘 읽기 위한 계명들 2

　책을 잘 읽기 위해서는 대상 책에 따라 접근 방식을 달리해야 한다. 책의 난이도, 성격, 심지어 분량에 따라서도 읽어내는 방식을 달리해야 성공적인 책읽기가 가능해진다. 한편 명심할 것은 너무 쉬운 책, 유행만을 좇는 책을 탐해서는 안 된다는 점이다.

　책에는 실용서도 있지만 삶의 구원한 문제들에 대해서 화두를 던지는 책도 있기 때문이다. 우리는 이미 여러 해 전 새로운 밀레니엄을 맞이하면서 미래 예측의 수많은 담론들을 보고 들었다. 가령 미래의 모습은 이렇게 된다는 식의 예측들, 너무 먼 미래는 말할 것도 없고, 불과 몇 년 후 이 지구의 주인으로 외계인이나 몬스터가 들어설 것 같다는 말들을 필요 이상으로 많이도 들어왔다. 인공지능에 대해서도 그렇다. 로봇의 지능과 인간 지능의 진화 속도를 비교하면서 몇십 년 후면 로봇이 인간을 부리는 시대가 될 것이라는 미래 예측들이 무책임하게 쏟아져 나왔다. 이렇게 한번 나온 담론들은 또 다른 담론으로 어느새 확대되어 견디기 힘들 정도로 우리를 어지럽혔다.

그러나 미래 예측의 역사야말로 부정에 부정이 거듭되어온 역사라는 사실을 누구도 잘 말해주지 않았다. 그저 자신의 이론 체계에 맞다 싶으면 끌어다가 무책임하게 당장 내일 무슨 일이라도 벌어질 것처럼 야단을 떨고, 어제까지의 진리는 폐기처분되어 마땅한 것처럼 과장하기 일쑤였던 것이다.

어지럼증만 일으키고 세월은 참으로 속절도 없다. 이 어지럼증을 어떻게 가라앉힐까.

느림의 사유를 가꾸는 방법으로 책읽기를 제안하고 싶다. 책은 우리가 흔히 느끼는 현기증을 상당 부분 가라앉히는 효과적인 도구일 수도 있는 것이다.

여러 해 전 불었던 전자책 열풍은 종이책의 문제점이 바로 그 느림의 성격과 담을 수 있는 정보의 분량이 적다는 데서 파생했다. 가령 전자책은 정보량은 말할 것도 없고 검색 기능 등 우수한 기능이 훨씬 더 많은 매체인 것처럼 간주되었던 것이다.

그러나 지금 와서 생각해보면 손의 기능이 따르지 않는, 즉 약간이라도 노동이 따르지 않는 정보 습득이란 것은 그만큼 잘 갈무리되지 않을 수 있다는 평범한 사실을 당시에는 간과하고 있었다.

책은 비단 현안의 해답만이 아닌, 포괄적인 문제에 대해 영감과 창의력을 준다. 우리는 책을 읽다가 잠 속으로 빠질 수도 있지만, 책을 읽으면서 별스러운 다른 사유들도 가꿔갈 수 있다. 반면 영상매체들은 우리의 오감 중 가장 강력한 시청각 자체를 송두리째 빼앗아가 원천적으로 다른 사유가 개입되는 것을 봉쇄한다.

영화 〈해리 포터〉 시리즈만 해도 그렇다. 영화로, 캐릭터 산업으로 큰 인기를 모으고 있지만 사실 그 핵에는 조앤 롤링이라는 영국 작가의 종이책 『해리 포터』가 있는 것이다. 대략 이 책의 상업적 이익이 10억 달러에 이를 것이라는 보고도 있는데, 이러한 성공은 연약해 보이는 한 작가의 머릿속에서 발아한 것이었다. 또한 그녀의 작가적인 아이디어를 구체화한 것은 바로 이 종이책이었다.

책을 읽는 삶은 결코 속도에 있어 뒤처지는 삶도 아니고, 또한 느림 역시 결코 뒤처지는 삶의 방식도 아니다. 속도전 시대인 오늘날이야말로 사실은 내면적으로 느림의 사유를 가꿔나가야 할 때다. 결국 모든 것이 인간의 문제이고, 속이 울렁일 정도의 어지럼증 속에서는 자신을 발견할 수 없기 때문이라고 나는 믿고 있

다. 그리고 그 대안 중의 하나로 조용한 책읽기를 권하고 싶은 것
이다.

독일의 문호 헤르만 헤세도 사유가 함께하는 책읽기의 매력을
되풀이하여 적고 있다.

책이란 무엇을 위해 존재하는가? 마치 스포츠 뉴스나 강도·살
인사건처럼 한동안 너도나도 읽어 대화의 소재가 되었다가 이내
잊히기 위해서인가? 아니다. 책은 진지하고 고요히 음미하고 아
껴야 할 존재다. 그럴 때마다 비로소 책은 그 내면의 아름다움과
힘을 활짝 열어 보여준다.

『헤르만 헤세의 독서의 기술』

인간이 자연에게서 거저 얻지 않고 스스로의 정신으로 만들어
낸 수많은 세계 중 가장 위대한 것은 책의 세계다. 아이들이 학교
에 들어가 난생처음 글씨를 써보고 읽기를 배우면서 첫발을 들여
놓게 되는 이 세계는 워낙 정교하고 극도로 복잡해서, 그 모든 법
칙과 규칙에 통달하여 자유자재로 구사하는 경지에 이르기란 거
의 불가능하다.

말과 글과 책이 없이는 역사도 없고 인간이라는 개념도 존재할
수 없다. 혹 누군가 소규모의 공간에, 이를테면 집 한 채나 방 한
칸에 인간 정신의 역사를 집약하여 소유하고자 한다면, 이는 오

로지 책을 수집하는 형태로만 가능할 것이다.

같은 책

　인생은 짧고 저세상에 갔을 때 책을 몇 권이나 읽고 왔느냐고 묻지도 않을 것이다. 그러니 무가치한 독서로 시간을 허비한다면 미련하고 안타까운 일 아니겠는가? 내가 여기서 말하고 싶은 것은 책의 수준이 아니라 독서의 질이다. 사람의 한 걸음 한 호흡마다 그러하듯, 우리는 독서에서 무언가 기대하는 바가 있어야 마땅하다. 그리고 더 풍성한 힘을 얻고자 온 힘을 기울이고 의식적으로 자신을 재발견하기 위해 스스로를 버리고 몰두할 줄 알아야 한다. 한 권 한 권 책을 읽어나가면서 기쁨이나 위로 혹은 마음의 평안이나 힘을 얻지 못한다면, 문학사를 줄줄 꿰고 있다 한들 무슨 소용인가? 아무 생각 없이 산만한 정신으로 책을 읽는 건 눈을 감은 채 아름다운 풍경 속을 거니는 것과 다를 바 없다.

같은 책

　책은 고요히 음미해야 할 대상이면서, 인간이 만들어낸 가장 위대한 세계다. 물론 이 말은 인터넷이나 영상매체가 나오기 전에 한 것이지만 여전히 유효하다고 생각한다.

　한 권의 책을 비록 읽고 있지 않을 때라도 우리는 우리가 좋게 읽었던 책들을 떠올리며 명상에 들어가서 위안을 구할 수 있다.

인간이 만든 것 중 가장 위대한 것이 도서관이라는 말이 있다. 그렇다면 책이라는 거처가 인간의 가장 위대한 발명품이란 말이 된다. 그런 점에서 보면 책을 도외시하고 인류를 말하기는 어려울 것 같다.

물론 책도 책 나름이다. 어떤 논자는 단지 책에서 정보만을 습득하려는 태도는 책을 보는 지성인이 취할 태도가 아니라는 의견도 표명했다.

포스트모던 시대에 책은 더 이상 절대적인 지위를 갖고 있지 않다. 책은 정보 습득을 위한 여러 매체 중 하나로 인식될 뿐이다. 사람들은 인터넷에서 정보를 찾듯이 책에서 정보를 찾는다. 인격 수양, 진리 탐구, 지혜 획득, 사회 변화 방편으로서의 책읽기는 퇴색되고, 단지 직장 생활을 잘 하기 위해, 돈을 벌기 위해, 학점을 잘 따기 위해 책을 읽는 사람들이 늘고 있다. 독서 목적이 크게 바뀌어가고 있는 것이다.

출판 시장에서 처세술과 재테크 그리고 각종 수험 관련서가 차지하는 비중은 급속도로 높아진 반면, 인문 사회과학 시장은 위축되고 있다. 독서 패턴이 이렇게 변하다 보니 책을 많이 보면 영혼이 풍요로워진다는 것은 옛말이 되고 말았다. 책을 볼수록 오히려 영혼이 황폐해지는 기이한 현상이 생기기도 한다. 이것은 책을 얼마나 많이 보느냐의 문제보다 어떤 책을 보느냐의 문제가 더욱 중요해지고 있음을 시사한다.

박민영, 『책 읽는 책』

　나로서는 직장생활을 잘하기 위한 지혜를 책에서 찾는 태도도 소중하다고는 생각한다. 물론 책의 용도를 그런 정도로만 묶어두는 데는 반대다. 따라서 어떤 책인가, 책의 질이 문제가 된다.

　다시 말하면 일생을 통해 우리가 볼 수 있는 책은 한정되어 있는데, 악서들을 읽느라 지체할 시간이 어디 있겠느냐는 헤르만 헤세 식의 탄식인 것이다.

　책이 다 책은 아닌 것이다. 책의 의미를 책으로만 따지기 힘든 사정은 여기에서 비롯한다. 어느 영화평론가는 오늘날의 상황을 이렇게 요약하고 있다.

　바야흐로 IP-TV 시대다. 인터넷 포털TV 시대인 것이다. 사람들이 인터넷을 통해 제공되는 방송 프로그램을 통해 세상에 대한 정보를 얻는다. IP-TV에 10페이지짜리 글을 싣는다는 것은 애초부터 불가능한 일이다. 형식이 충돌하기 때문이다.

오동진, 「위기에 봉착한 영화 주간지 속사정」, 〈미디어 미래〉 2006. 11

이런 상황이다 보니 책을 한가하게 읽고 있는 것이 아예 가능하지도 않을지 모른다.

그러나 책을 읽어내야 생존할 수 있는 시대에 살고 있다는 점을 감안해보면 우리는 결국 책을 올바르게 읽어내야만 한다. 그런데 이를 가능케 하려면 어떻게 해야 할 것인가? 두 가지 패턴의 책읽기를 실행해야만 한다고 본다. 먼저 재미난 것에서 진지한 것으로, 즉 쉬운 것, 만만한 것에서 어려운 것으로 하는 독서 패턴과 둘째는 동시대의 난삽한 책 읽기에서 구원한 고전 읽기로 바꿔서 실행해야 한다.

먼저 재미난 책읽기는 누구에게나 책읽기에 입문하는 방식으로서 나름대로 중요성을 갖는다. 앞서도 누차 적었지만 즐거움이 없으면 어떤 행위도 영속할 수가 없다. 그러나 독서는 단순한 게임이 아니다. 단지 즐거움만으로는 충분하지 못하다. 뭔가 새로운 도전이 필요하다. 그것이 지적인 것이든, 생활의 지혜이든, 또 인생의 경영이든, 감각적인 재미만을 추구하다 보면 책읽기의 성격이 왜곡된다.

다음으로는 동시대 저자들의 글을 호흡하는 가운데 구원한 것, 근원이 되는 독서에 눈떠야 한다는 것이다. 근원이 되는 독서는 앞서 지적한 것처럼 고전을 섭렵하는 가운데 완성된다. 고전은 시간의 흐름을 이기고 살아남은 책들로, 인간사의 오래도록 간직할 만한 진리가 오롯이 담겨 있다. 그런데 고전은 보는 이에 따라

고리타분할 수도 있겠다. 이를 상쇄하기 위해서 동시대 저자들의
책을 간간이 읽으면서 균형을 잡아가는 것도 한 방법이다.

　책읽기의 차원에는 여러 가지가 있지만 가장 비중을 높여가야
할 차원이 있다면 창의적인 책읽기다. 창의적인 책읽기라 함은
책과 사유, 책과 몸이 함께 가는 책읽기다. 읽기 싫은 책을 읽으
면 자신의 몸이 절로 따라가지 않는 것을 느끼게 된다. 이런 책읽
기는 창의적인 책읽기이기는커녕 독해도 되지 않는 책읽기다. 오
랜 시간을 두고 텍스트의 의미를 음미하는 가운데 깊어지는 책읽
기야말로 창의적인 책읽기라고 할 수 있다. 이런 창의적인 책읽
기가 아니면 책 읽는 재미도 반감되고, 언젠가는 책읽기가 마치
의무감처럼 느껴질 수도 있다.

　이런 불행한 책읽기가 주위에서 너무나 많이 행해지는 것을 본
다. 그런 점에서 보면 책읽기의 강박관념을 그다지 갖지 않고 가
볍게 책을 읽기 시작했던 나의 경우는 비교적 행복한 책읽기를
실행해온 케이스라고 할 수 있겠다.

나를 변화시킨 책 중의 한 권, 감동적으로 읽은 책 한 권을 꼽으라면, 지금보다 내 마음이 '순정'(?)했을 때 읽었던 책을 말할 수밖에 없다. 그 책은 바로 『김수영 전집』이다. 고교 시절 폭넓은 교양서적 읽기에서는 한참 비껴나 있었던 까닭에 나는 대학 입학 후 어느 날 대자보에서 "……자유를 위하여 / 비상하여본 일이 있는 / 사람이면 알지 / 노고지리가 / 무엇을 보고 / 노래하는가를 / 어째서 자유에는 / 피의 냄새가 섞여 있는가를 / 혁명은 / 왜 고독한 것인가를"이라고 전개되는 그의 「푸른 하늘을」을 처음 보고 큰 충격을 받았다.

저 작품이 무엇이냐고 옆에 서 있는 친구에게 물어봤더니 "아니, 넌 김수영도 모른단 말이니" 하는 말이 돌아왔다. 그 길로 학교 앞 '다락방 서점'에 달려가 이 책들을 샀으니 그때부터 무려 20여 년간이나 내 인생의 충실한 동반자가 되어온 셈이다.

지금도 나는 수시로 그의 시 전집을 들추며 봄날에는 「봄밤」을, 외로운 날에는 「달나라의 장난」을, 사랑이 필요한 날에는 「사랑의 변주곡」을, 투지가 필요한 날에는 「풀」이나 「폭포」를 낭송하며 큰 위안을 받고 있다.

그뿐이랴. 그는 시대정신에 투철하면서도 내포의 의미가 큰 많은 산문들을 남겼다. 허식이나 가식, 혹은 포즈와는 한참 먼 그의 산문들은 내 영혼에 또 다른 차원에서 튼실한 자양분이 되어주었다.

김수영의 글을 되풀이해서 읽으면 그에 대한 평문들이 놓치고 있는, 모던한 취향과 현실 참여적 첨예한 목소리 밑에 참으로 따뜻한 인간미가 깔려 있음을 감지하게 된다. 광복 이후의 최고 시인이라는 단순한 지칭만으로는 포괄할 수 없는 삶의 구원한, 마치 우리가 사는 곳이 지면이라고 치면, 그의 시와 산문들은 땅속 깊이 자리한 암반에 단단히 뿌리를 내리고 있는 듯한 것이어서 내 독서 경험의 첫머리에 놓일 만큼 디딤돌의 역할을 유감없이 해주는 듯하다.

어느덧 나도 젊은 날의 파토스와는 많이 멀어진 듯하다. 이제는 좀 더 명료하게 현실적으로 사물과 예술을 바라보게 되었는지도 모른다. 그런데도 김수영의 문학은, 그의 산문과 시는 언제나 나를 영혼 깊은 곳에서부터 울려온다. 그의 시와 산문의 위대함은 비참한 현실적 상황과 역경 앞에서(구체적으로 그가 살았던 전후의 삭막했던 도시와 폐허, 도래하지 않은 '모던'의 시대를 생각해보라) 결코 포기하지 않고 눈떠 세상을 바로 보고자 하는 인간적인 자세, 그것에서 나온다. 비록 극복할 수 없다고 해도 우리는 생을 포기하지 않으려는 노력과 의지, 그것을 통해 진화한다는, 주위의 하찮은 모든 것들에 대해서 어느 것 하나 소홀히 하지 않는 투철한 예술가 정신을 견지했다는 데서 비롯한다. 비록 생의 한가운데서는 고통스러웠으나 지나놓고 나면 그것 자체도 아름답게 추억되듯이 내게는 김수영의 숨결이 꼭 그렇게 인지된다.

몇 해 전 현재 살고 있는 아파트로 이사 왔을 때 나는 뒷산을 보고는 고향의 산 같다는 생각을 했었다. 산은 그렇게 늘 닮은꼴로 사람에게 비치는가 보다. 그리고 그 정겨운 산에 자주 올라가리라는 다짐도 하게 되었다. 그 후 몇 차례 1시간쯤 되는 왕복 코스를 몇 번 올라갔다 내려왔는데, 세월이 흐르자 흥취도 덜해지고 무엇보다도 바쁜 일상에 파묻혀 언제부턴지 그저 뒷베란다에서 바라보기만 하는 관조의 산이 되고야 말았다. 그런데 해가 바뀌면서 문득 그 산엘 다시 오르고 싶다는 열망에 휩싸였다. 체력에도 자신이 있고 트레드밀이 아닌 진정한 땅 위에 발을 딛고 싶은 생각도 들었기 때문이다. 그리고 무엇보다도 빠르게 변화하는 나날의 삶 속에서 온몸으로 어떤 실체감을 느끼고 싶다는 생각과 더불어 단순한 삶을 지향하고 싶다는 거창한 바람까지도 함께 든 연유에서였다. 그런데 이런 소망의 이면에는 최근에 읽은 한 권의 책이 준 감동도 영향이 있다. 이처럼 나는 책을 통해 길을 찾는데, 나름대로 이런 독서법을 타인들에게도 권유하고 싶다.

근원적으로야 물론 우리 모두는 산의 아들딸들이고 넓은 평원을 가져본 적이 없는 우리 민족에게 산이라는 실체는 그 자체로서 특별하다고 할 수는 없을 것이다. 예컨대 어느 날 문득 모두들

산으로 나와주세요, 하고 방송하지 않더라도 산의 소중함이나 산의 혜택에 대해 모르는 건 아니라는 뜻이다. 특히 나는 최근, 이제부터 말할 두 권의 책을 읽으면서 새삼 산의 아름다움에 매료되어 어느새 고향의 산에까지 가보고 싶다는 생각까지 가꾸게 되었다. 그런 점에서 빌 브라이슨이 쓴『나를 부르는 숲』은 내게 삶의 의미에 대해 많은 것을 생각하게 해준 책이다.

그는 미국 태생이지만 오래전에 영국에서 20년을 살다가 고국에 돌아온다. 그는 낯섦을 극복하는 방식으로 자신이 사는 고장을 지나는 애팔래치아 트레일을 종주하기로 한다. 그가 3360킬로미터의 트레일을 종주하기로 한 이유는 점점 온난화가 진행되는 지구의 상황을 깨닫고 바로 지금이 풍성한 수종을 자랑하는 그곳을 종주해야 할 적기라고 느꼈기 때문이다.

이 여행기는 두 가지 점에서 놀라운 책읽기의 경험을 선사한다. 그 하나는 유머러스함이다. 수개월 동안 산길을 걸으며 닥치는 끊임없는 시련을 극복해나가는 과정에서도 유머를 잃지 않는 그의 태도가, 또 다른 차원의 간접적인 여행자라고 할 독자를 한없이 유쾌하게 만든다.

나는 신발끈을 질끈 동여매고 뒷산을 오를 것이다. 산속에서의 보행이 내게 현실의 잡사들을 단순하게 갈무리해주고 바로 보게 하는 행복한 경험을 안겨주리라 믿으면서.

나는 자위한다, 책에서 위안을 구하는 자는 행복하다.

세상에 얼마나 불행한 일이 많은지를 생각하면 더더욱.

곧 휴가를 내어 시골에 내려갈 예정이다. 정년퇴직한 뒤 수년 동안 한적한 시골에서 늙어가시는 아버지를 만날 것이다. 나는 어머니와의 관계보다 아버지와의 관계가 더 문학적인 들끓음을 내포하고 있다고 믿는다. 어찌 그렇지 않을까? 태생적으로(우리 모두 어머니의 자궁을 빌려 태어난다는 자명한 이치!) 어머니보다 한 걸음 뒤에 서 있는 모습이 자연스런 아버지의 모습들일 것이고, 바로 그 한 걸음이라는 거리가 문학이라는 예술을 꿈꾸게 할 테니까.

폴 오스터의 산문집『고독의 발명』은 이런 나의 상념을 더 복잡하게 만든 작품이었다. 천재 작가로밖에 달리 표현할 길 없는, 현대적이라고 하기에는 온갖 문화적 장르(시, 평론, 영화, 시나리오, 소설, 에세이)에서 전방위적으로 그 천재를 발휘해서 포스트모던한 작가라고 부르고픈 폴 오스터의『고독의 발명』은 '아버지'와 '글쓰기'에 대한 놀라운 기록이다.

이런 다방면의 재능을 지닌 작가이니만큼 그의 소설들은 독특한 개성과 향취를 풍긴다. 작가 폴 오스터의 존재는 미국 내에서도 독특하다. 그는 미국을 떠나 주로 유럽(프랑스)에서 살고 있다. 그의 소설『빵 굽는 타자기』에는 젊은 시절 프랑스에서의 방황이 잘 그려져 있다. 프랑스어 번역을 하면서 생계를 유지했던 작가는 프랑스 체제가 큰 문학적 자양분이 되었음을 솔직히 고백하고 있다.

사실은 이런 허두 없이 바로 『고독의 발명』에 대해 이야기하고 싶었지만 이런 전술한 사실들에 대한 이해 없이는 그에게 잘 접근하기 어렵다는 점을 변명으로 삼고 싶다. 특히 이 책에는 어느 작품보다도 폴 오스터 개인 삶의 기록이 투명하게 드러난다. 그 개인의 삶이라 함은 바로 아버지에 투영된 자신의 모습(그 아들은 한 명의 자식을 둔 아버지가 되어 있다)이다.

이혼한 후 혼자 살던 아버지가 죽었다. 작가가 표현한 대로 "서른넷에 결혼, 쉰둘에 이혼한 남자. 기혼남도 아닌 또 이혼남도 아닌 어쩌면 막간극에 결혼 생활을 한 평생 독신 남자" 같았던 남자였기에 가족 누구에게도 따뜻한 사랑과 이해를 표현하지 못한 무뚝뚝한 아버지였다. 그 아버지의 어머니인 '나'의 할머니는 그 옛날 광기에 사로잡혀 할아버지를 총으로 쏴서 죽인 이력이 있다. 이런 어두운 집안 내력이 아버지의 뇌에 어떤 충격을 가한 것은 아닐까? 사랑을 잘 베풀지 못하고 언제나 부자연스러웠던 그 아버지는 어느 날 '나'에게 어디서 읽은 것인지 아니면 지어낸 것인지 모를 이야기를 신명 나서 다정하게 들려준다. 그때 '나'는 이 책을 통해 가장 중요한 전언인, '정말로 중요한 것은 증거에 관계없이 인간이 느끼는 감정의 핵심에 도달하는 것'에 이른다.

아버지가 죽으면 그 아들은 자신의 아버지이자 아들이 된다. 그
는 자기의 아들을 보고 그 아이의 얼굴에서 자신을 본다. 그리고
아이가 자기를 볼 때 무엇을 보는지 상상하면서 자신이 그 자신
의 아버지가 되는 것을 알게 된다. (…) 그를 감동시키는 것은 단
지 그 아이의 모습도 아니고, 또 심지어는 자기 아버지 안에 서
있다는 생각도 아니다. 그것은 아이를 통해 보는 자신의 사라져
버린 과거이다.

폴 오스터, 「기억의 서」, 『고독의 발명』

이 책은 한 사람의 인간됨의 기록이다. 그 과정은 고독한 자기
갱생의 서書가 필요한 시간이면서, 또 '아버지 그늘 벗기'의 시도
가 완성되는 기간이기도 하다. 자신의 불효에 대한 인식은 이처
럼 긴 터널을 통해 어둠의 시절을 관통해온 다음에나 가능하다는
것을 작가는 말하고 싶었던 것일까? 이 언어의 천재는 몇 가지 난
수표만을 던져줄 뿐 그 해답은 잘 보여주지 않는다.

사족으로 한마디. 전철 안에서 폴 오스터의 책을 들고 있는 사
람을 만나면 왠지 그와 몇 마디 말을 이어갈 수 있을 것 같은 느
낌이 든다. 작가는 이처럼 위대한 존재다. 이런 작가가 이 지구상
에 함께 있다는 사실이 어두운 밤 천둥 번개가 들이치는 속에서
도 얼마나 큰 위안을 던져주는지.

그렇다. 나는 자위한다, 책에서 위안을 구하는 자는 행복하다.

세상에 얼마나 불행한 일이 많은지를 생각하면 더더욱.

최근 나는 우주론에 관한 일련의 책을 보면서 초신성, 빅뱅, 평행우주, 초끈이론, 통일장이론 등등을 나름대로 사유해보았다. 그랬더니 중력에 매여 아등바등 사는 나 자신에 대해 좀 더 다른 차원을 꿈꾸게 되었다. '한 줌의 흙' 같은 존재로서, 그 자각 속에 삶에 대한 숙고를 하게 된 것이다. 그렇다. 우리가 살고 있는 세상에 대한 이해와 다른 차원에 대한 동경 외에, 책읽기를 통해 더 무엇을 꿈꿀까.

『사라진 책들의 도서관』 알렉산더 페히만, 김라합 옮김, 문학동네, 2008

『독서의 기술』 모티머 J. 애들러 외, 민병덕 옮김, 범우사, 2003

『유혹하는 글쓰기』 스티븐 킹, 김진준 옮김, 김영사, 2002

『미래의 책』 모리스 블랑쇼, 최윤정 옮김, 세계사, 1993

『책은 나름의 운명을 지닌다』 표정훈, 궁리, 2003

『알코올과 예술가』 알렉상드르 라크루아, 백선희 옮김, 마음산책, 2002

『조르주 바타이유』 유기환, 살림, 2006

『하이퍼그라피아』 앨리스 플래허티, 박영원 옮김, 휘슬러, 2006

『탐독』 이정우, 아고라, 2006

『행복의 시학/제강의 꿈』 김현, 문학과지성사, 2000

『맛있는 책읽기』 김성희, 한국출판마케팅연구소, 2006

『아케이드 프로젝트 1』 발터 벤야민, 조형준 옮김, 새물결, 2005

『사라진 책의 역사』 뤼시앵 폴라스트롱, 이세진 옮김, 동아일보사, 2006

『수집』 필립 블롬, 이민아 옮김, 동녘, 2006

『읽는다는 것의 역사』 로제 샤르티에 · 굴리엘모 카발로 편, 이종삼 옮김, 한국출판
    마케팅연구소, 2006

『내멋대로 출판사 랜덤하우스』 베네트 서프, 정혜진 옮김, 씨앗을뿌리는사람, 2004

『그대로 두기』 다이애나 애실, 이은선 옮김, 열린책들, 2006

『네 멋대로 써라』 데릭 젠슨, 김정훈 옮김, 삼인, 2005

『우연의 법칙』 슈테판 클라인, 유영미 옮김, 웅진지식하우스, 2006

『J. M. 쿳시의 대화적 소설』 왕은철, 태학사, 2004

『야만인을 기다리며』 J. M. 쿳시, 왕은철 옮김, 들녘, 2003

『추락』 J. M. 쿳시, 왕은철 옮김, 동아일보사, 2004

『책과 더불어 배우며 살아가다』 이권우, 해토, 2005

『누구나 글을 잘 쓸 수 있다』 로버타 진 브라이언트, 승영조 옮김, 예담, 2004

『冊』 김남일, 문학동네, 2006

『고통에게 따지다』 유호종, 웅진지식하우스, 2006

『굿바이 프로이트』 스티븐 존슨, 이한음 옮김, 웅진지식하우스, 2006

『스티븐 킹 단편집—스켈레톤 크루 (상)·(하)』 스티븐 킹, 조영학 옮김, 황금
　　가지, 2006

『지식』 피터 버크, 박광식 옮김, 현실문화연구, 2006

『가까이 그리고 멀리서』 레비 스트로스-디디에 에리봉 대담, 송태현 옮김, 강, 2003

『역사의 원전』 존 캐리 엮음, 김기협 옮김, 바다출판사, 2006

『미친 뇌가 나를 움직인다』 데이비드 와이너·길버트 헤프터, 김경숙·민승남 옮김,
　　사이, 2006

『두개골의 서』 로버트 실버버그, 최내현 옮김, 북스피어, 2006

『책 사냥꾼』 존 백스터, 서민아 옮김, 동녘, 2006

『생각발전소』 옌스 쾬트겐, 도복선 옮김, 북로드, 2005

『김수영 전집 1 (시)』 김수영, 민음사, 1981

『스퀴데리 양』 E. T. A. 호프만, 정서웅 옮김, 열림원, 2006

『작가의 신념』 조이스 캐롤 오츠, 송경아 옮김, 북폴리오, 2005

『동물원에 가기』 알랭 드 보통, 정영목 옮김, 이레, 2006

『옛날의 불꽃』 로버트 로웰, 황동규 역주, 민음사, 1976

『책 읽는 소리』 정민, 마음산책, 2002

『세상은 한 권의 책이었다』 소피 카사뉴-브루케, 최애리 옮김, 마티, 2006

『책의 역사』 브뤼노 블라셀, 권명희 옮김, 시공사, 1999

『삼인삼색 미학 오디세이 3』 진중권 원작, 김태권 글·그림, 휴머니스트, 2006

『디지로그 시대 책의 행방』 한기호, 한국출판마케팅연구소, 2006

『독서의 역사』 알베르토 망구엘, 정명진 옮김, 세종서적, 2000

『나의 고전 읽기』 공지영 외, 북섬, 2006

『책 읽는 책』 박민영, 지식의숲, 2005

『헤르만 헤세의 독서의 기술』 헤르만 헤세, 김지선 옮김, 뜨인돌, 2006

〈미디어 미래〉 2006년 11월호, 미디어미래연구소

『고독의 발명』 폴 오스터, 황보석 옮김, 열린책들, 2001

ㄱ

ㄴ

ㄷ

ㄹ

ㅁ

ㅂ

ㅅ